EHV

Martin Michalik

Gabriel

---

1. Auflage 2013 | ISBN/EAN: 9783867418324

© Europäischer Hochschulverlag GmbH & Co KG, Fahrenheitstr. 1, 28359 Bremen. Alle Rechte vorbehalten.

www.eh-verlag.de | office@eh-verlag.de

Die Deutsche Bibliothek verzeichnet diesen Titel in der Deutschen Nationalbibliografie. Bibliografische Daten sind unter http://dnb.ddb.de verfügbar.

Martin Michalik

Gabriel

Prolog	3
Kapitel 1. Der Philosoph	4
Kapitel 2. Das Nichts	14
Kapitel 3. Die Begegnung	30
Kapitel 4. Der Traum	43
Kapitel 5. Der Freund	53
Kapitel 6. Ein Mann	63
Kapitel 7. Zuhause	73
Kapitel 8. Park	79
Kapitel 9. Der kleine Bruder	89
Kapitel 10. Allein	100
Kapitel 11. Suche	118
Kapitel 12. Heimweg	123
Kapitel 13. Wirtschaft	133
Kapitel 14. Der Konflikt	142
Kapitel 15. Magrit	153
Kapitel 16. Rothstraße	159
Epilog	167

„Ich bin Sklave meiner eigenen Gedanken."

Gabriel

Prolog

Es gibt Personen, die Erstaunliches erleben, Personen, die die Welten bewegen.

Die folgende Geschichte schildert nur einen sehr kurzen Zeitraum, nur wenige Tage vergehen während dieser Ereignisse und doch erlebt das Erstaunliche eine Person, eine Person, die eine Welt bewegt. Nämlich seine eigene.

Kapitel 1. Der Philosoph

Es spielte sich in einer Zeit ab, die niemanden bekannt war, ebenso der Ort. Der Name jedoch ist keinem entfallen. Es war Gabriel, ja Gabriel, so wie der Erzengel.

Gabriel war noch jung, sehr jung und verbrachte viel Zeit mit sich selbst und überwiegend in Gedanken. Es waren viele Dinge, die ihn zum Denken anregten, die den meisten Menschen unwichtig oder eher selbstverständlich erschienen. Es wirkt schon sehr ungewöhnlich oder gar bizarr, dass ganz besonders ein solch junger Mensch, solche Gedankenfolgen schließen konnte.

„Ich laufe, ich laufe, nur Laufen ist das Einzige, woran ich denken kann. Ich komme nicht von der Stelle, und obwohl ich mit aller Mühe und Kraft laufe, bewege ich mich nur kaum spürbar zu meinem Ziel hin. Mein Ziel ist das Licht, dass gerade in greifbarer Nähe ist. Das Licht, das mich noch retten kann.

Der große Schatten, der mich verfolgt, kommt immer näher und ich spüre, wie mein Puls steigt, mein Herz arbeitet so schnell es kann. Ich laufe und laufe, doch bemerke ich die Sinnlosigkeit meiner Bewegung, es scheint aussichtslos. Ein Kontakt mit dem großen Schatten, vor dem ich fliehe, ist nahezu unvermeidbar. Er kommt immer näher, ich kann ihm nicht entweichen. Ich schaffe es nicht."

Er malte sich schon die grausamsten Bilder aus, die bei dieser Begegnung entstehen konnten. Der Schatten bewegte sich unaufhaltsam auf ihn zu. Näher, näher und näher, bis es soweit ist. Die direkte Berührung lässt sich nicht mehr vermeiden.

Als er sich umdrehte, war es so weit, die großen Pranken des ihm unbekannten Wesens bewegten sich mit einer ungeheuerlichen Geschwindigkeit auf ihn zu. Diesem auszuweichen war einfach unmöglich. Er schaut der Gefahr entgegen und hat sich bereits mit seinem Ende abgefunden. Er schließt seine Augen und bereitet sich auf das schmerzhafteste Ereignis seines Lebens vor. Die Grausamkeit dieses Erlebnisses malte er sich schon aus.

Plötzlich merkt er, wie ihn die Pranken liebevoll umarmen, er öffnet seine Augen und sieht, wie ein riesiger Braunbär versucht, ihn zu umarmen. Der Braunbär öffnete sein Maul, seine scharfen Zähne waren zu sehen und plötzlich schellte es aus seinem Maul. Ein grelles Geräusch ertönte Gabriels Ohren, doch die Bedeutung des Schellens erschienen ihm sinnlos, bis er die Augen nochmal öffnete und merkte, dass es ein alter Wecker war.

Vor ihm lagen viele gelehrte Weinflaschen und zwei bekannte Gesichter, die anscheinend im Alkoholrausch eingeschlafen waren. Sie lagen da, ihre Gesichter ausdruckslos und ihre Lippen versuchten auf eine verkrampfte Art und Weise irgendwelche Laute zu konstruieren. Jetzt realisierte er erst, was los war, es war ein Traum.

Er nahm seinen Mantel, welcher total verdreckt auf dem Boden lag, und suchte einen Ort zum Spazieren auf, um nachzudenken. Die Lippenbewegungen seiner Freunde versuchte er erst gar nicht zu deuten. Es war ihm egal. Er wandte sich ihnen ab, ging Richtung Ausgang und wollte auch gar nicht erst an den Vorabend denken.

Draußen duftete es nach feuchter Erde. Am Vorabend hatte es geregnet, was zu einem angenehm schwülen Vormittag mit viel Sonnenschein führte. Gabriel genoss solche Tage, ihm ist das Ganze lieber als ein zu heißer Sommertag, an dem er die Natur wegen der unerträglichen Hitze nicht ausstehen kann.

Nach wenigen Minuten erreichte Gabriel einen Park, in dem sich eine Bank befand, auf der Gabriel damals an solchen Tagen seine Schulaufgaben abarbeitete, da er dies lieber dort tat als zuhause. Ohnehin war Gabriel mit diesem Park sehr vertraut, die Umgebung hatte etwas Heimisches für ihn, so suchte er diesen häufig auf. Im Park angekommen, ging er tief in sich.

„Schon wieder habe ich meine Zeit vergeudet. Wieso lasse ich mich auch immer wieder zu diesem Gift überreden. Welche Geister reiten mich. Es gibt es doch so viele tauglichere Aufgaben im Leben, auf jeden Fall tauglicher, als sich unter irgendeinen Vorwand volllaufen zu lassen. Dabei sind diese zwei Typen nicht wirklich meine Freunde, oder? Manchmal habe ich das Gefühl, dass sie nur ihren eigenen Vorteil bedenken. Zweckgemeinschaft ist wohl eher zutreffend."

Er beobachtete seine Umgebung sehr genau und setzte seine Gedanken für einen Augenblick aus. Sekunden später wandte er sich diesen wieder zu.

„Dabei ist das Leben doch endlich ..., eigentlich ein sehr quälender Gedanke, ein Gedanke, den viele deswegen auch nicht wahrhaben wollen."

Er ging tief in sich und versuchte diesen Gedanken mehrfach zu wiederholen und sich hinein zu steigern, bis er weitere Schlüsse daraus ziehen konnte.

„Diese Welt erscheint nach diesen einmal gefassten Gedanken nur noch unausgewogen und unecht. Sie verliert dadurch ihre Authentizität, ihre Farbe und ihren Glanz ... Ein Gedanke, der mich häufig plagt. Aber warum? Ich bin doch gerade einmal zwanzig Jahre alt.

Viele ältere Menschen fassen diesen Gedanken womöglich nicht so konkret wie ich. Das kann ich aus zahlreichen Gesprächen mit diesen wohl schon schließen ... Wofür tue ich das alles, es ist doch eigentlich so schön hier, ist dann alles einfach vorbei? Wie ungerecht dies doch wäre. Wäre dann die Lebenszeit nicht einfach vergeudete Zeit gewesen? Was bedeutet in diesem Zusammenhang überhaupt vergeudet?

Vater sagte mir einst, dass alles einen tieferen Sinn hat, nur was dieser tiefere Sinn ist, kann mir keiner erklären. Wieso überhaupt Sinn? Was ist überhaupt „Sinn"? Sinn, Sinn, Sinn, Sinn ... ergibt doch gar keinen Sinn. Sinn oder die Sinnessuche ist doch einfach nur eine Krankheit der Menschen. Der Mensch will immer einen Sinn. Wieso beanspruchen wir einen Sinn für alles, was geschieht? Ich brauche für manches Handeln keinen Sinn, ich finde mich damit einfach ab. Das ist bei vielen Dingen so. Ob alle nach einem Sinn suchen? Jeder muss es selbst herausfinden, aber wie? Vielleicht gibt es so etwas wie einen Sinn gar nicht und alle machen sich damit nur konfus."

Sein Blick wandte sich plötzlich in Richtung See, diesen begann er völlig unerwartet starr anzublicken. Sein Blick schien diesen See zu durchbohren, sein Gesicht wirkte betrübt.

„Wenn ich mir schöne Herbsttage ansehe und die Natur beobachte, sehe ich wie die Blätter fallen, die Natur kahl wird und alles einen berechenbaren Verlauf nimmt, mehrere Monate später fangen alle Pflanzen an wieder aufzublühen. Leider ist es objektiv betrachtet bei uns Menschen nicht so, wir blühen nicht von neu auf, bei uns herrscht ab einem gewissen Punkt Dauerherbst. Wir haben nicht das Glück über so viele Jahre neu aufzublühen, wie es vollständig ausgewachsene Bäume tun. Freilich, dafür müssen Bäume, die ihren natürlichen Verlauf nehmen, aber auch ihr Leben an einer Stelle verbringen. Irgendwie traurig, doch woher soll ich wissen, dass es traurig ist.

In einigen Jahren herrscht auch bei mir Dauerherbst, denn biologisch gesehen trete ich dann meinen Verfall an, und ich kann nichts dagegen unternehmen. Ich als blühende Blume verwelke nach und nach. Aufblühen werde ich dann nicht mehr. So spüre ich bald am eigenen Leibe die Grausamkeit der Natur, auch wenn noch nicht im vollen Maß.

Dieser Gedanke ist so fürchterlich, dass ich den Tag verdamme, an dem ich diesen fasste. Die eigene, ich nenne es manchmal Rettung aus meiner geistigen Unmündigkeit, führte dazu.

Wobei das Wort Rettung schon fast blanken Hohn darstellt, da ich mir damit eigentlich keinen Gefallen getan habe. Oder doch? „

Nun wandte er den Blick vom See ab und schaute auf den Boden, sein Blick blieb dabei starr wie zuvor. Es schien als würde Gabriel seine Umgebung nicht wahrnehmen. Seine Gedanken wandten sich in sein tiefstes Inneres.

„Es ist kein Segen sich aus der eigenen Unmündigkeit zu befreien, denn jemand, der geistig unmündig ist, wird wohl schneller glücklich und hat wahrscheinlich ein geistig sorgenfreies Leben, weil er sich mit weniger geistigen Problemen auseinandersetzt. Hingegen ist der Mündige voller Sorgen, auch wenn es keinen erkennbaren Grund für solche gibt."

Danach spazierte er weiter durch den Park und versuchte, die Gedanken zu unterdrücken. Mit aller Kraft wehrte er sich dagegen, doch deren Ausprägung schien so stark zu sein, dass die Gedanken einfach nicht zu beseitigen waren.

„Ich musste mich aber befreien, es ging nicht anders. Einen Lehrer hatte ich nicht. Wie habe ich das angestellt, was hat mich dazu getrieben? Ich selbst war es doch, der ohne Antrieb eines Dritten diese Richtung anstrebte. Es war die tiefe Stimme in mir, sie übernahm mich und es folgte unaufhaltsam, Schritt für Schritt. Ständig wurden meine Gedankengänge stärker, konkreter und ausgeprägter. Ja, es war eine Stimme und dann wurden es mehrere. Ich musste dem Verlangen der Stimmen folgen, eine Alternative gab es für mich nicht.

Es war dieser kleine Schritt, diese Eselsbrücke, dieser Gedanke, der dazu führte, eine Kettenreaktion im Kopf auszulösen und etwas, was nicht zu bremsen ist, in Gang zu setzen. Ich sollte es einfach „die eigene Revolution im Kopf" nennen, eine geistige Revolution, wobei dieser Name das Ganze schon wieder zu sehr glorifiziert. Diese Revolution ist aber auch gefährlich, sie bringt Dinge beziehungsweise Gedanken in Gang, mit denen vielleicht einige Menschen nicht fertigwerden, sofern sie diesen Gedanken fassen könnten, möglicherweise auch ich. Es ist ein informationeller Infarkt. Es ist schwer, diese Gefühle zu ordnen oder sie gar loszuwerden.

Ist der Gedanke einmal gesät, wächst er unaufhörlich in einem Menschen weiter. Bei mir ist dieser Gedanke bereits zu einem riesigen Wald herangewachsen, ein Wald, der immer dichter und dunkler wird. Er sollte eigentlich lichter und heller werden, doch dies ist nicht der Fall, ich kann es nicht kontrollieren. Die Fülle an Informationen, die ich wahrnehme, erdrückt mich zunehmend."

Mit gemischten Gefühlen lief Gabriel durch den Park. Phasenweise traten viele verschiedene

Gedanken bei ihm auf. Dabei spielte es keine Rolle, ob bei Gabriel im allgemeinen Lebensverlauf gerade alles gut oder eher schlecht lief. Seine Gedanken traten willkürlich auf, oft hatte Gabriel gar keinen Einfluss darauf. So philosophierte er weiter vor sich hin. Manchmal wünschte er sich, dass diese Gedanken nicht mehr auftreten. Sie bereiteten ihm Sorgen, doch sie endeten nicht.

„Ich führe eigentlich ein recht bescheidenes Leben, aber auch nur eigentlich, doch würden mich viele Menschen um dieses beneiden. Was materielle Güter angeht, fehlt es mir an nichts, an meiner Gesundheit gibt es ebenfalls nichts auszusetzen, im Gegenteil, ich bin quickfidel. Mein Vater ist doch erfolgreicher Unternehmer, der zwar nicht im Übermaß reich ist, doch sein Vermögen insbesondere mit seinen Kindern großzügig teilt. Dies tut er insoweit, dass ich mich mit den Kleinigkeiten des täglichen Lebens nicht konfrontiert zu sehen brauche und mich weitestgehend frei entfalten kann. Hoffentlich enttäusche ich ihn nicht. Er wird sich sicherlich seinen Teil dabei gedacht haben, als er mir so viel Geld hat zukommen lassen und mit den Worten „Nimm und sei du" versah und ergänzend noch "ich unterstütze dich in allen Lebenslagen" sagte. Ich werde ihn jedoch dahingehend enttäuschen, dass ich seinem christlichen Bild nicht folgen werde. Dies gehört eben zu meiner Entfaltung. Er kann es sich denken, will es aber nicht wahrhaben."

Dies waren die Gedanken, die Gabriel täglich plagten, er trug eine schwere Last auf sich und fühlte sich nicht verstanden. Der Alltag fiel ihm schwer, ja man könnte schon fast sagen, dass er fast davon erdrückt wird. Diese Dinge trieben ihn phasenweise sogar langsam in einen Zustand der Verzweiflung, aus der er sich manchmal nicht so recht retten konnte.

Kapitel 2. Das Nichts

So wanderte Gabriel vor sich hin. Diese Gedanken teilte er gerne mit anderen Menschen, auch dann, wenn diese sich dafür nicht interessierten. Er drückte diese völlig Uninteressierten manchmal förmlich auf.

Unterwegs sah er eine Frau mit einem Kinderwagen an ihm vorbeigehen. Er hörte das laute Kindergeschrei und wie die Mutter versuchte das kleine Wesen zu beruhigen. Gabriel mochte Kinder, aber keine Kleinkinder, diese störten ihn nur. Er mochte es aber, wenn Kinder anfingen Fragen zu stellen. Er liebte die Einfachheit von diesen, er nannte es Kinderphilosophie. Diese einfachen Fragen sind genau die Art von Fragen, die ihn selbst zum Denken anregten. Er war der Meinung, dass erwachsene Menschen einfach viel zu kompliziert dachten.

Unser Philosoph machte sich nicht nur Gedanken über eine mögliche Unendlichkeit, sondern auch über die mögliche absolute Endlichkeit beziehungsweise auch über das mögliche Nichts davor. Er war in seiner Sichtweise nicht darauf beschränkt, nur das Ende zu erleben, auch wenn dies eigentlich seinem Fokus entsprach, war er ein guter und leidenschaftlicher Beobachter. Er schaute gerne auf das Leben anderer Menschen und machte sich dazu seine eigenen Vorstellungen. So machte er sich auch Gedanken über den

Anfang bzw. die Entstehung. Auf der Straße ließ er ihnen freien Lauf.

„Das irdische Leben, oder uns auch als reales Leben bekannt, bietet Möglichkeiten reale und irreale Wunder zu vollbringen. Mit der Schaffung eines neuen Menschen entsteht ein irdisches Leben und zugleich ein Wunder, nämlich das Hervorrufen eines physischen Individuums, dass eine eigene Psyche entwickelt, doch wie und vor allem wann? Wir kommen aus dem Nichts und kehren zurück zum Nichts. Meiner Meinung nach muss die Formel wie folgt lauten: Nichts gleich Unendlichkeit, Unendlichkeit gleich Nichts und aus diesem Nichts resultiert die Vollkommenheit, oder nicht? Wenn ein Kleinkind seine Eltern am Geruch oder an der Stimme erkennt, erfolgt dieses doch eher aus dem natürlichen Instinkt. Wobei, wenn ein Kleinkind lacht, dann doch sicher nicht aus Instinkt. Lachen ist doch kein Instinkt, dann würden ja auch Hunde lachen."

Just in diesem Moment spürte Gabriel eine Berührung am seiner linken Schulter, es war eine große männliche Hand, die zweimal darauf klopfte. Er drehte sich um und sah, dass es sein Kumpel Gerd war. Dieser studierte Philosophie und war für Gabriel immer ein guter Gesprächspartner. Gerd war sichtlich erfreut, Gabriel wieder zu sehen.

„Grüß dich Gabriel, wie geht es dir denn so? Mit dir habe ich hier nicht gerechnet, ich habe dich schon seit Tagen nicht gesehen. Du siehst so beschäftigt aus, bedrückt dich etwas?"

Gabriel erwidert darauf ebenfalls sehr erfreut:

„Schön dich zu sehen Gerd, ich habe mir gerade einige Gedanken gemacht und du kommst mir da genau richtig. Bedrücken tut mich nichts, aber du könntest mir vielleicht mit meinen Gedankenfolgen etwas helfen."

Weniger begeistert, antwortet Gerd mit leicht verdrehten Augen:

„Gedanken also, ich kann mir schon denken, worum es geht. Es hat bestimmt etwas mit meinem Studium zu tun. Über andere Dinge scheinst du mit mir wohl nicht reden zu wollen."

Voller Selbstüberzeugung antwortet Gabriel, indem er Gerd darauf aufmerksam machte, dass Philosophie der Fluch ist, der über Gerd lastet:

„Ich habe gerade eine Dame mit einem Säugling gesehen, das hat mich dazu angeregt, über die Herkunft nachzudenken. Selbst in meiner christlichen Erziehung war die Rede von Asche zu Asche und Staub zu Staub. So stellte ich mir die Frage des Nichts zu Nichts. Folglich kam ich zur folgenden Schlussfolgerung. Diese mag auf den ersten Blick etwas durchtrieben erscheinen, doch meine ich das wirklich ernst.

Sokrates sagte schon: „Ich weiß, dass ich nichts weiß", damit gibt er preis, dass er das Nichts, also folglich die mögliche Unendlichkeit oder das mögliche absolute Ende seiner Existenz, verstanden hatte. „

Gerd war völlig überrascht und auch verwundert über Gabriels Schlussfolgerung.

„Gabriel, da bringst du etwas durcheinander, Sokrates wollte damit eher zum Ausdruck bringen, dass auch seine Ideen Grenzen finden. Das lernte ich bereits zu Beginn meines Studiums. Wieso sollte Sokrates auch was anderes gemeint haben. Das würde doch keinen Sinn ergeben. Außerdem gibt es noch viele weitere Thesen zu diesem Satz, die nicht zu unterschätzen sind. Du musst dich an dieser Stelle vertieft mit allen Meinungen auseinandersetzen."

Doch Gabriel schien nur wenig beeindruckt von Gerds Argumenten, im Gegenteil, er versucht Gerds Argumentation mit seinen Worten für nichtig zu erklären.

„Wieso sollte er auch darauf gekommen sein, dass er an die grenzen seiner Ideen gelangt ist, seit wann haben Ideen Grenzen. Ich denke Sokrates war sich seiner geistigen Fähigkeiten durchaus bewusst, also mehr als eine einfache Selbsterkenntnis. Dieser Satz ist sowieso mehrdeutig und viele tausend Jahre alt. Diese Ansicht mag einigen Gelehrten als naiv erscheinen und den Wissenschaftlern die Haare zu Berge stehen lassen, dieses scheint mir aber in meinem jungen Alter, als eine realistische und berechtigte Interpretation. Es ist ja auch meine Meinung. Von den anderen Thesen habe ich gehört, halte diese aber für noch unhaltbarer."

Gerd war die ganze Situation schon unangenehm geworden. Trotzdem wollte er sich nicht mit Gabriel in einen langen Diskurs verwickeln.

„Deine Meinung sollst du auch haben, nur kann ich noch nicht einmal nachvollziehen, was hinter deinem Gedanken steht beziehungsweise welche Einflüsse dich zu dieser Erkenntnis gebracht haben. Du musst mich schon aufklären, ich bin mir sicher, dass bei dir mehr dahinter steht als bloße unbedachte Worte."

Gerd hoffte nun Gabriel beruhigt zu haben und das Thema auf einen anderen Zeitpunkt zu verschieben. Doch Gabriel war nun voll in seinem Element und redete weiter auf Gerd ein, um diesen zu überzeugen und ihn auch bloß nicht mit einer anderen Überzeugung gehen zu lassen. Es war Gabriels Eigenart, er versuchte Menschen mit seinem Gedankengut zu missionieren.

„Sicher steht da mehr hinter. Dazu muss ich wie folgt beginnen. Viele Menschen blicken nicht dahinter, dass dieses irdische, für uns reale Leben keine Endlosschleife ist, es hat ein Ende, welches jede Sekunde näher rückt. Sekunde ... um ... Sekunde. Die Frage, die ich mir Stelle, ist, ob das Ende wirklich ein absolutes Ende ist. Dieses gerät zunehmend in Vergessenheit, da man sich im jugendlichen Alter auch für unsterblich hält und sich dieser Gedanke bei vielen Menschen in unserer Gesellschaft bis ins tiefe Alter nicht löst. Man hält sich für unentbehrlich, als ob die Gesellschaft ohne einen Einzelnen nicht funktionieren würde. Dies ist jedoch ein bösartiger Trugschluss, den keiner gerne vor Augen hat, besonders in jungen Jahren. Prinzipiell ist einer alleine der Gesellschaft völlig egal."

Gerd schien nun mehr irritiert, als überzeugt zu sein und machte eine sehr nachdenkliche Miene. Es war offensichtlich, dass ihn Gabriels Gedanken verwirrten.

„Ich verstehe dich ein wenig, doch was hat dies mit Sokrates zu tun? Ich kann dir leider nicht ganz folgen. Das war doch noch nicht alles, oder?"

Hierzu konnte Gabriel nur in sich hinein grinsen, er fühlte die Übermacht seiner Worte, er hatte das Gefühl in dieser Hinsicht über absolutes Herrschaftswissen zu verfügen. Gerds Reaktionen bestätigten nur seinen Verdacht, er hielt Gerd noch nicht für ausgereift, solche Gedanken zu fassen. Gabriels Tonfall wurde immer selbstsicherer.

„Selbstverständlich nicht, das war erst der Anfang, hör mir einfach zu. Der Tod ist Fakt und diese Schale ist vergänglich, doch ein wichtiger Bestandteil unseres Lebens ist es nun mal, Leben zu erschaffen, um unsere Gattung aufrecht zu erhalten und selbst zu sterben. Mit der Schaffung eines Lebens werden wir auch ein Stück weit unsterblich, indem wir im neuen Individuum weiterleben, so glaube ich. Jeder bemerkt irgendwann einmal Parallelen zu seinen Eltern und damit meine ich nicht optische. Es sind eher charakterliche Züge. Wie es sich bei adoptierten Kindern verhält, weiß ich leider nicht, ich kenne keines. Ich vermute, dass jedoch tief in der Person des Kindes bestimmte charakterliche Eigenschaften der leiblichen Eltern vorhanden sind. Dass soziologische Aspekte aus der Erziehung der Adoptiveltern hinzukommen, leugne ich an dieser Stelle nicht.

Das Leben besteht nur aus Fragen, wer die richtigen Fragen stellt, bekommt auch die richtigen Antworten. Also lautet meine Frage: Wieso entstehen wir? Eine richtige Antwort habe ich nicht gefunden. Oder vielleicht doch? Entstehen wir nicht gerade, um unsterblich zu werden?"

Gerd wurde ruhiger und versuchte sachlich zu argumentieren.

„Das ist eine interessante Erwägung, doch klingt diese für mich ein wenig zu sehr nach christlicher

Ansicht. Außerdem wusste ich nicht, dass gerade du ein Vertreter der christlichen Weltanschauung bist."

„Gerd", unterbrach Gabriel ihn, "christlich sind die nächsten Dinge, die ich dir jetzt erzählen werde, nicht mehr. Es kommt mir vor, als ob das Leben eine Bestandsprobe ist, nicht aber für irgendwelche Individuen, die uns höher gestellt sind, sondern ein vermutlich kosmisches Gefüge, welches unsere Existenz begründet. Unsere Gefühle, wie beispielsweise die Liebe, beweisen doch, dass es etwas außerhalb des Erklärlichen gibt und Liebe sogar einen Sinn ergibt. Die blanke Argumentation, dass Hormone beziehungsweise Adrenalin in Unmengen ausgeschüttet werden, scheint mir unzulänglich, da wahre Liebe, sofern man diese überhaupt kennenlernt, vielleicht nur für eine Person auf einmal empfunden werden kann. Dass es biologische Komponenten für diese Hormonausschüttungen gibt, bezweifle ich nicht, doch erklären sie das tiefe Wunder der Gefühle nicht. Das glaube ich zumindest, ich selbst habe noch nie geliebt.

Vielleicht ist es aber nur ein all zu menschlicher Fehler, allem einen Sinn beizumessen. Vielleicht hat ja gerade das menschliche Leben keinen Sinn. Für uns liegt der einzige erkennbare Sinn des Lebens darin, sich fortzupflanzen und unsere Spezies zu erhalten, doch was ist, wenn uns das noch nicht einmal bleibt? Irgendwie scheint dies im Ergebnis jedoch sehr unbefriedigend. Ein Teil von uns lebt vielleicht in den von uns geschaffenen Menschen weiter. Außerdem klingt es sehr schmerzhaft, wenn der Mensch dahinter kommen würde, dass sein Leben vielleicht keinen Sinn ergibt."

Diese Worte gaben Gerd Anlass kurz nachzudenken und eine Antwort aus Gabriels Worten zu konzipieren.

„Muss alles überhaupt einen Sinn ergeben oder ist diese Sinnesprangerei einfach nur eine Krankheit des Menschen. Vielleicht sind wir einfach nur Tiere mit besonderen Eigenschaften und halten uns für etwas wesentlich besseres, weil wir alles nach einem Sinn hinterfragen, selbst wenn es vielleicht keinen gibt. Vielleicht haben die Tiere dies schon lange durchschaut und leben deshalb so vor sich hin."

Nun geschah etwas, womit Gabriel an diesem Tag nicht gerechnet hatte. Er war völlig begeistert, wie Gerd seine Gedanken verwertet hat.

„Richtig Gerd, so sehe ich das auch. Dann stellt sich mir nämlich die Frage, welche dieser Ebenen gibt es überhaupt, woher kommen solche Gedanken in einem Menschen auf. Wie kommen wir dazu, einen Sinn zu erfinden. Es gibt wohl die biologisch beziehungsweise naturwissenschaftliche Ebene, aber auch die parapsychologische Ebene. Wir sind in einer Hülle eingeschlossen, die uns verwundbar macht. Verwundbar sind wir aber nur auf der irdischen Ebene, da wir auf dieser Ebene de facto existieren. Wie verwundbar wir auf der parapsychischen Ebene sind, lässt sich wohl eher schwer, oder noch besser formuliert, mit unseren Worten gar nicht erklären, da diese Ebene wohl eher mit Glücksgefühlen überhäuft wird, welche für einen lebendigen Menschen kaum greifbar sind. Falls es sie überhaupt gibt."

Er redete so schnell, dass er eine kleine Atempause brauchte, und setzte danach wieder an.

„Woher soll ich eigentlich wissen, dass diese potenzielle Ebene mit Glücksgefühlen überhäuft wird und ob es diese Ebene überhaupt gibt? Hier habe ich mir wohl zu viel vorweggenommen. Wobei Menschen mit Nahtoderfahrungen immer von einem vollkommen glücklichen Zustand berichteten, was meine Annahme wiederum untermauert.

Einfache Sprüche wie z. B. das Streben nach Glück kommen nicht von ungefähr, sondern sind besonders durchdachte Vergegenwärtigungen unserer Existenz, nur leider zu Stammtischparolen entglitten. Glück ist ein hohes Gut, die Erschaffung eines Menschen ist ein hohes Gut und kann einen enormen Teil zum Streben nach Glück beitragen.

So sind wir schon mal einen Schritt weiter, die Erschaffung eines neuen Lebens macht uns glücklich, folglich könnte die Erhaltung unserer Spezies förderlich für unser individuelles Glück sein. Wir holen also einen Teil von uns aus dem Nichts und existieren dann in diesem Individuum weiter. Erst wenn diese Kette durchbrochen wird, also keine Nachfahren mehr auftreten, dann könnte das absolute Ende oder die mögliche Unendlichkeit auftreten."

Gerds Stirn runzelte sich nach oben, sein Gesicht fing an, fragende Züge zu bekommen.

„Und du glaubst also, dass z. B. Sokrates eine Art Allwissen erlangt hat, welches ihn schon zu Lebzeiten dieses Glück bescherte? So gesehen eine Art Nirwana, das ihm ermöglichte eine mögliche Unendlichkeit oder mögliche absolute Endlichkeit zu erblicken. „

An diesem Punkt wurde Gabriel arrogant und fühlte sich dazu ermutigt Gerd den Rest zu geben.

„Genau so sehe ich das. Ich halte nicht an irgendwelchen okzidentalischen Wert und Normvorstellungen fest, doch bin ich der Meinung, dass die Erschaffung eines Lebens mehr als nur ein biologisches Wunder ist, genauso wie sein Ende. Am Anfang steht das Nichts, somit holt man einen Menschen beziehungsweise ein Teil von sich aus dem Nichts, damit meine ich selbstverständlich nicht die biologischen Fakten. Dieser kehrt dann auch zurück ins Nichts, möglicherweise sogar, wenn der zuvor erwähnte Kreislauf nicht unterbrochen wird.

Vielleicht macht ja der Gedanke fern vom Nichts glücklich, dieses ließe sich damit belegen, dass Menschen Glück mit Erlebnissen aus ihren Lebzeiten in Verbindung setzen. Niemand bringt Glück in Verbindung mit dem Zeitpunkt vor der Geburt oder mit dem Tod. Das Glück könnte natürlich auch übertragbar sein, dies schließe ich nicht aus, insbesondere, wenn es den von mir erwähnten Kreislauf geben sollte, beweisen kann ich es leider nicht, damit bin ich aber nicht allein.

Über den Tag zu streifen und konfus zu werden ist nicht besonders schön, doch macht mich diese Art von Konfusion auf eine besondere Art und Weise glücklich, ich betrachte diese als eine „vielleicht die erste" Stufe zur vollkommenen Erkenntnis. Widersprüchlich aber im Bezug auf meine Person war selbst unschönes Gedankengut ein kleiner Funken Glück für mich. Jede Erfahrung bereichert mich. Glück muss nicht bedeuten, dass ich mit einem strahlenden Lächeln durch die Weltgeschichte wandere und von bunten Blumen umgeben sein muss. Auch Leiden kann Glück sein, denn Leiden spürt man, Leiden vergisst man nicht, dagegen ist Glück in der Regel kurzlebig.

Mit dieser potenziellen Erkenntnis ist die auf das Leben bezogene Erkenntnis gemeint. Es ist eine andere Form des Glücklichwerdens. So, als ob man zu Lebzeiten hinter den Vorhang des Todes sehen kann und einige Dinge einen anderen Sinn ergeben, einen besseren Sinn. Dieser Gedanke macht auch stärker und aufnahmefähiger als je zuvor, ich will niemanden aufdrängen, diesen Gedanken in sich aufzuziehen, da er in einigen extremen Fällen womöglich den Freitod zur Folge hat, wenn Menschen diesen absolut nicht verarbeiten könnten. Sicher bin ich mir da nicht, doch könnten labile Persönlichkeiten diesen tatsächlich nicht verkraften.

Das Leben hat im Ergebnis für mich einen brauchbaren Zweck, nämlich die Selbstfindung, insbesondere die des Geistes. Der Geist muss dahingehend geschult werden, seine Gedanken so zu ordnen, dass der Selbstfindung nichts entgegen steht. Negative Gedanken stören die geistige, die soziale Ebene und die Verbindung zu einem möglichen kosmischen Gefüge. Leben bedeutet nicht, leben zu lassen, sondern Leben bedeutet zu leben. Der Mensch lebt nicht allein, gewonnene Erfahrungen müssen geteilt werden. Wir sind soziale Wesen, das ist eine von der Natur gewollte Eigenschaft des Menschen, sodass jeder Mensch dahingehend aufgeklärt werden kann."

Gerd war sichtlich überfordert mit der Situation, so versuchte er ein Ende für dieses Gespräch zu finden. Er musste seine Gedanken erst neu ordnen, dann könnte er wieder auf ein solches Gespräch eingehen.

„In vielerlei Hinsicht muss ich dir zustimmen, in manchen Bereichen muss ich dir leider widersprechen. Leider widersprichst du dir in vielerlei Hinsicht auch selbst, zumal du über eine Ebene sprichst, die mit Glück überhäuft sein soll. Das klingt für mich wie das Paradies und dieses beanspruchen die meisten Weltreligionen schon für sich.

Ich muss jetzt leider weiter, wir sprechen uns aber noch. Es war schön dich wieder gesehen zu haben. Pass auf dich auf und trink nicht so viel."

So trennten sich die beiden freundschaftlich. Gerds letzter Satz bezog sich auf Gabriels sichtlich gezeichnetes Gesicht. Beide waren gegenseitig angetan von dem Gespräch und hofften auf eine baldige Fortsetzung.

So schaffte es Gabriel mit seinen Gedanken andere Menschen zu infiltrieren, einige hielten dies auch für gefährlich und genossenen diese mit Vorsicht.

Unterwegs setzte sich Gerd noch mit einigen Gedanken auseinander, er war froh diesen freien

Lauf lassen zu können, ohne dass Gabriel ihm ins Wort fiel.

„Er sollte seine geistigen Fähigkeiten nicht überschätzen, er mag zwar voller Euphorie über den Unendlichkeitsgedanken und den Endlichkeitsgedanken philosophieren, doch sollte er sich auch der Realität widmen. Er redet davon, den Geist frei von Hass zu machen, doch kümmert er sich nicht um seine Familie und Freunde, indem er sie vernachlässigt und zunehmend den Bezug zur Realität verliert, indem es sich solche Fragen stellt.

Diese Art der Vernachlässigung drängt ihn ins Abseits und lässt Hass bei anderen Menschen entstehen. Folglich kann es nach der Theorie Gabriels auch nicht Ziel sein bei anderen Menschen diesen negativen Gedanken entstehen zu lassen, da man dadurch viel negative Energie verstreut, zwar nicht selbst, aber durch andere. Diese ist dann auch auf Gabriel gerichtet. Zumal der Unendlichkeitsgedanke und der Endlichkeitsgedanke auch nur Theorie ist, da viele der Meinung sind, dass es nur das Nichts im Sinne des absoluten Endes gibt.

Wir kommen aus dem Nichts und kehren zurück zum Nichts. Das Nichts ist noch schwieriger zu begreifen als die Unendlichkeit. Dadurch, dass die Endlichkeit noch ungreifbarer als die Unendlichkeit ist, befürchte ich fast, Gabriel damit konfrontieren zu müssen, um ihn zu überzeugen, dass es mehrere Theorien der Nachwelt gibt, mit denen er sich auseinandersetzen kann.

Er versucht diese Gedanken zu verschmelzen und macht einfach aus der Unendlichkeit das Nichts und aus dem Nichts die Unendlichkeit. Folglich macht er aus zwei völlig verschiedenen Dingen eins. Ich werde sehen, was er mir in den nächsten Tagen noch mitzuteilen hat.

Gabriel sollte aber auch beachten, dass Nichts in diesem Sinne auch Nichts bedeuten kann und nicht Unendlichkeit. Ich weiß, dass ich nicht weiß."

Gerd drehte sich noch einmal um, um seinen Arm zu heben, damit sein Abschied endgültig besiegelt wurde.

Kapitel 3. Die Begegnung

Eine interessante Art und Weise mit Menschen umzugehen, hatte Gabriel ohnehin schon, doch betrieb er eigene kleine soziale Experimente, um Menschen zu durchschauen. Soziologisch deswegen, da es eine sehr untypische Weise war mit Menschen zu kommunizieren. Dies tat Gabriel auf eine geschickte, jedoch sehr hinterhältige Art und Weise.

Gabriels gute und alte Freundin Magrit lud diesen zu einer etwas größeren Geburtstagsfeier ein. Es war eine große Feier im Landhaus ihrer Eltern nahe der Stadt. Geladen waren zahlreiche Gäste, von denen Gabriel nicht einmal die Hälfte kannte, er schätzte die Zahl auf etwa fünfzig.

Magrit stammt aus einer sehr betuchten Familie. Gabriel kannte sie schon aus Schulzeiten, auch ihre und seine Eltern waren sich bekannt und freundschaftlich verbunden.

Als Gabriel in der Straße ankam, begab er sich direkt auf den Hof. Es war ein sehr schönes, aber auch sehr biederes Landhaus im Fachwerkstil. Der Garten war sehr gepflegt und mit ungewöhnlich vielen Rosen besät. Der Duft war traumhaft und lud dazu ein durch diesen verzaubert zu werden. Gabriel mochte Rosen, er mochte auch die auffallend vielen Farben der verschiedenen Sorten, die ihm aufgrund des kürzlich herabfallenden Regens von Wassertropfen übersät waren und in den Lichtstrahlen der untergehenden Sonne entgegenleuchteten.

Durch den Anblick und den Duft der Rosen sichtlich gut gelaunt, stand Gabriel vor der Tür und klopfte an. Magrit öffnete die Tür. Sie war erfreut, Gabriel nach einer längeren Zeit wieder zu sehen.

„Guten Tag Gabriel, schön, dass du gekommen bist, das freut mich wirklich sehr. Komm bitte herein und mach es dir gemütlich. Vorne in der Veranda kannst du deine Tasche ablegen und im Salon findest du das Buffet mit allem, was du so gerne magst. Etwas zu trinken gibt es dort auch. Leider musst du dich selbst bedienen."

Gabriel war sehr erfreut über diesen herzlichen Empfang und trat gut gelaunt in das Haus ein.

„Vielen Dank und nochmals alles Gute zu deinem Geburtstag. Hier, ich habe dir ein kleines Präsent mitgebracht, ich hoffe du findest gefallen daran."

Gabriel überreichte Magrit das Geschenk, ein Buch und trockenen Rotwein, wie es für Gabriel üblich war, und betrat das Haus. Es war ihm durchaus bekannt, dieses hatte eine warme und gemütliche Atmosphäre. Es war sehr gemütlich, aber dennoch äußerst elegant eingerichtet. Hier lebten definitiv Menschen mit Klasse. Man konnte sofort erkennen, dass Magrits Eltern diese Klasse in ihrer Einrichtung auswiesen. Gabriel hatte sich nicht großartig umgeschaut, er peilte nur das Buffet an und suchte nach etwas zu trinken.

Nachdem er sich ein Glas Wein ergriffen hatte, suchte er eine Sitzgelegenheit und setzte sich auf ein gemütliches Sofa, welches sich in einer ruhigen Ecke des Salons befand. Er schaute sich um und bemerkte schnell, dass er sich in einer sehr betuchten Gesellschaft befand. Es waren überwiegend junge Menschen, die sich auf den Erfolg der Eltern ausruhten. Es war eine Gesellschaft für sich, bei der einer besser und größer sein wollte, als der andere. Gabriel mied normalerweise eine solche Gesellschaft, da er durch seinen Vater ständig in eine solche geriet. Aber Magrit zuliebe nahm er an dieser Feier Teil. Viele der jungen Leute waren ihm auch durchaus bekannt. Die Meisten aus der anwesenden Gesellschaft konnte Gabriel nicht ausstehen.

Einige Augenblicke später setzte sich eine junge, gut aussehende und elegante Frau neben ihn und sprach ihn unerwartet an.

„Wie gefällt dir die Feier?"

Gabriel war durchaus zufrieden ein nettes einsames Sofa gefunden zu haben, vom dem aus er die Menschen beobachten konnte, und er hat nicht damit gerechnet, dass irgendjemand ihn dort stören würde.

Die junge Dame war sehr freundlich ihm gegenüber und Gabriel konnte die Situation nicht richtig einschätzen, was ihn zusätzlich verunsicherte.

Trotzdem riss er sich zusammen und entgegnete selbstbewusst und freundlich: „Kann ich kaum beurteilen, ich bin erst seit einigen Minuten hier. Übrigens, ich heiße Gabriel."

„Ich bin Angelique. Mein Vater ist der berühmte Architekt La Fleur" erwiderte die junge Dame. Gabriel war diese Familie durchaus bekannt, nur persönlich hat er noch nie jemanden von ihnen angetroffen. Es war eine sehr beliebte und auch sehr reiche Familie. Nicht nur, dass ihr Vater erfolgreicher Architekt war, nein der ganze Stammbaum dieser Familie las sich wie ein kitschiger Roman. Es waren alles Menschen, die durch ihren Erfolg zu einem gewaltigen Vermögen gekommen sind, womit folglich Angeliques Vater auch ohne seine Berufung wie ein König leben könnte. Es waren in Gabriels Augen Magnaten.

Was Gabriel jedoch stutzig machte, war dass die Dame einfach anfing zu erzählen, wer ihr Vater war, obwohl es Gabriel nicht im geringsten interessierte und er auch nicht danach fragte.

Gabriel kannte diesen Schlag von Leuten, die sich auf diese Weise vorstellten. Ihnen ging es darum mit einer dominanten Art und Weise aufzutreten, um den Gegenüberstehenden einzuschüchtern, was in der Regel gelang. Nicht jedoch bei Gabriel, er kannte viele solcher Menschen. Sie zu durchschauen, erschien ihm nicht schwierig.

„Ja, dein Vater ist mir durchaus ein Begriff. Ein äußerst erfolgreicher Architekt, er hat Aufträge im ganzen Land und sogar im Ausland. Was ist deine Berufung, bist du mit in seine Geschäftswelt involviert?"

Freundlich und zynisch zugleich, mit einem Lächeln den Kopf schüttelnd, sagte sie zu ihm: „Um Gottes willen, nein. Es ist zwar ein durchaus großes Unternehmen, in dem ich auch eine Stelle besetzen könnte, jedoch finde ich kein Interesse an dieser Branche.

Ich studiere Psychologie. Was machst du Gabriel, studierst du auch?"

An dieser Stelle nutze Gabriel die Gelegenheit, sein Spielchen zu treiben und redete einfach los. „Nein, ich studiere leider nicht. Ich bin Landwirt aus der Umgebung. Ich habe Vieh und Weide und lebe von der mageren Ernte. Dieses Jahr war die Ernte allerdings äußerst erfolgreich, es gab viel Regen und viel Sonne. Das Vieh war gesund

und segnete mich mit viel Nachwuchs. An sich war es ein sehr fruchtbares Jahr."

Die Stimmung, die zuvor durchaus harmonisch war, drohte zu kippen. Gabriel hatte Angelique dort, wo er sie haben wollte. Dies war das Spiel, das Gabriel ständig mit Menschen wie Angelique spielte. Er hatte bewusst die Fakten herausgelassen. Fakten wie, dass sein Vater ebenfalls erfolgreicher Unternehmer war und er auch studierte. Er schlüpfte gerne mal in die Rolle eines einfach arbeitenden Menschen und wollte den größten Teil der Gesellschaft wiederspiegeln, insbesondere, wenn er es mit Menschen zu tun bekam, die in der Regel gerade mit „normalen" Menschen wenig zu tun haben.

Er wollte damit erreichen, dass Menschen wie Angelique ihr wahres Gesicht zeigten und anfingen ihn abwertend zu behandeln, um selbst die Bestätigung zu erhalten, dass es sich um einen oberflächlichen Spießer handelte. Es war ein Spiel, das Gabriel zu gerne spielte. Diese Masche hatte bei Gabriel noch keiner durchschaut. Er genoss es, Menschen im falschen Glauben zu lassen.

Es war seine Art und Weise in das Innere eines Menschen zu sehen. Es gab immer nur zwei Varianten. Zum einen wurden die Menschen abwertend und überheblich gegenüber Gabriel und neigten dazu, in als Menschen zweiter Klasse zu behandeln, zum anderen bestand jedoch auch die Möglichkeit, dass er normal und mit dem gebotenen Respekt behandelt wurde, wie jeder andere Mensch auch. Dies hoffte er auch bei Angelique, da ihre Persönlichkeit eine durchaus positive Wirkung auf Gabriel hatte. Angelique war verwundert und betrachtet Gabriel nun genauer.

„Landwirt ... so siehst du aber gar nicht aus. Deine Hände sind gepflegt, deine Statur zu schmächtig. Du siehst zu unverbraucht aus, um Landwirt zu sein. Außerdem habe ich noch nie gehört, dass ein Landwirt schon am späten Nachmittag bzw. frühen Abend Feierabend hat und Feierlichkeiten aufsucht. Sogar auf dem Weg hierher konnte ich einige Landwirte beobachten, die ihre Herden wieder eintrieben oder auf ihrem Acker noch ernteten. Du musst wohl scherzen, ein Landwirt bist du gewiss nicht."

Das hatte Gabriel im ersten Moment die Sprache verschlagen. Damit hatte Gabriel nicht gerechnet, das erste Mal von all diesen Malen, in dem er sein Schabernack trieb, wurde er durchschaut. Ihm gefiel die Scharfsinnigkeit ihrer Gedanken. Er konnte sich nicht erklären, wieso eine Frau, die er zunächst für sehr oberflächlich hielt, so gut beobachten konnte. Normalerweise war dieser Schlag von Menschen so gut wie gar nicht interessiert, wenn sie jemanden auf Anhieb nicht erkannten. Diese Scharfsinnigkeit verblüffte ihn.

„Ich habe selbstverständlich gescherzt. Ich wollte dich nicht mit meinen Scherzen bedrängen, dies ist jedoch meine Art, um etwas starre Situationen zu lockern. Das mache ich immer, wenn ich jemanden kennen lerne. Es war wirklich nur ein kleiner Spaß meinerseits. Selbstverständlich bin ich kein Landwirt, so etwas Absurdes."

Diese Worte zauberten Angelique wieder ein Lächeln in ihr Gesicht und lies sie gleich antworten.

„Mir gefällt es. Ich habe leider bei solchen Veranstaltungen die Angewohnheit, bei Erstkontakten direkt meinen Vater ins Gespräch zu bringen, damit nicht von oben auf mich herab gesehen wird. Dies ist ja in solchen Kreisen selbst untereinander üblich. Ich wollte dich nicht damit einschüchtern oder herabwerten. Entschuldige bitte, falls du jetzt so von mir denkst."

Auch Gabriel schien deutlich erleichtert zu sein.

„Jetzt bin ich erleichtert. Ich dachte, du wärest schon so wie viele andere hier. Somit sind unsere beiden Abwehrreaktionen kollidiert. Du brauchst dich nicht zu entschuldigen. Bist du mit Magrit befreundet oder wie kommt es, dass ich dich zuvor noch nicht kennen lernen konnte?"

Die Verblüffung und das Staunen hatten sich nun in Luft aufgelöst und ihre Konversation begann lebhaft zu werden.

„Magrit und ich kennen uns vom Studium, wir haben zusammen einen Kurs zur Theorie der Gerechtigkeit belegt. Wir kannten uns zuvor vom Sehen her, bekannt waren wir uns jedoch nicht. Nun habe ich in Magrit eine gute Freundin gefunden."

„Davon hat mir Magrit erzählt, also nicht von dir Angelique, aber von dem Kurs. Ich sehe sie leider zu selten, da gehen schon manchmal einige Themen unter. Früher war es anders, wir haben wegen der Schule und unserer Eltern häufiger etwas gemeinsam unternommen. Nun ja, dies ist allerdings auch schon eine Ewigkeit her."

Plötzlich verspürte Angelique das Bedürfnis Gabriel noch einmal aufzuklären, damit ihre Konversation nicht mit einem schlechten Beginn behaftet ist.

„Ich wollte dich vorhin nicht erschrecken bzw. dir missgünstig gegenüber treten, indem ich mit meinem Vater prahlte. Dies war wirklich nicht so ernst gemeint. Du hast zutreffend gesagt, dass es sich dabei um eine Abwehrreaktion handelt.

In der Gesellschaft, in der sich mein Vater aufzuhalten pflegt, ist es üblich, sich bei Zeitgenossen meines Alters so vorzustellen. Damit will man imponieren und blenden. Ja, auf eine gewisse Weise wollen viele so auch eine Art von Macht demonstrieren und von möglichen Problemen ablenken. Kurz gesagt, man möchte Stärke beweisen mithilfe der Tatsachen, die man selbst nicht erreicht und aufgebaut hat, somit möchte man sich lieber auf den Erfolg der Eltern ausruhen, denn dieser scheint nach außen hin immer sehr solide.

Es ist eine Art, die ich nicht mag, doch sind nahezu alle Menschen in meiner Gesellschaft so. Damit meine ich von klein auf damit konfrontiert worden zu sein. Ich meine damit den Kindergarten, die Schule, die Universität, das Wohnumfeld und selbst die Familie. Ich habe manchmal das Gefühl, dass meine Eltern mich bewusst abgeschirmt haben und mich in einer Parallelgesellschaft fesseln wollten. Es ist ein goldener Käfig. Sie verstehen aber nicht, dass ich mich in dieser Parallelgesellschaft nicht wohlfühle.

Selbst die kleinsten Dinge blieben mir verwehrt. Ich dufte in meiner Jugend noch nicht einmal öffentliche Verkehrsmittel nutzen, es hieß immer, dass diese zu gefährlich sind.

Meine Eltern haben mir auf eine gewisse Weise eine soziale Behinderung zugeführt, die schon fast irreparable Züge aufweist. Mir wird es kaum möglich sein, ein durchschnittliches Leben zu führen. Ständig diese gesellschaftlichen Konventionen, wie „tauch dein Brot nicht in die Suppe", obwohl ich alleine im Garten aß, oder „fall deinem Vater nichts ins Wort" selbst wenn dieser absolut im Unrecht war.

Gewisse Regeln oder gesellschaftliche Konventionen verhindern es, ein glückliches Leben zu führen. Einst lernte ich einen netten Jungen kennen. Es war reiner Zufall, er war der Mechaniker in einer Werkstatt, in der mein Vater seine Fahrzeuge warten lies. Wir waren uns von Anfang an sympathisch, doch mein Vater lies keine Treffen zu. Den jungen Mann hätte dies beinahe seine Anstellungen gekostet, nur weil er freundlich zu mir war und sich mit mir treffen wollte. Mein Vater meinte, dass wir uns von solchen Menschen im privaten Bereich distanzieren müssen, außerdem werde ich mit so einem nie glücklich. Mein Vater misst Glück mit Geld, ich nicht."

Gabriel war erstaunt über die direkte offene und ehrliche Art Angeliques. So etwas war ihm noch nie passiert, zum einen, dass er in kürzester Zeit bei seinem Spielchen durchschaut wurde und zum anderen, dass gerade eine Person aus dem Umfeld, dass er selbst äußerst kritisch betrachtete, sich ihm gegenüber so öffnete.

Dieser Moment gab Gabriel keine Ruhe. Er war von dieser Situation sehr angetan und wollte irgendwie nicht, dass diese endet.

So vergingen Stunden, in denen Gabriel und Angelique in einem tiefen Dialog versanken. Sie sprachen ungewöhnlich offen über ihr Leben. Sie sprachen über Dinge, die beide gerne mochten und ebenfalls über Orte, an denen sie sich gerne aufzuhalten pflegten. Die Menschen um sie herum waren ihnen egal, selbst Magrit, die eigentlich an diesem Abend im Mittelpunkt stehen sollte. Gabriels Abwesenheit war ohnehin niemanden aufgefallen. Sie tranken viel Wein und amüsierten sich prächtig, als würde der Abend nur diesen beiden gehören. Doch war das Gespräch von einem biederen und spießigen Schatten bedeckt. Gabriels Eloquenz half ihm dabei, diesen Schatten zu überwinden und eine Lanze zu brechen.

„Ich weiß, wir haben bereits viel getrunken, aber findest du nicht, dass Alkohol eine gute Form der Bewusstseinserweiterung ist? Schlaf ist aber auch eine angenehme Form von Bewusstseinserweiterungen."

Angelique reagierte sehr interessiert an dem, was Gabriel ihr mitteilen zu versuchte.

„Alkohol ist doch die Gesellschaftsdroge, welche als erste in Betracht kommt. Das mit der Bewusstseinserweiterung ist aber so eine Sache. Ich halte mich an sich mit solchen Aussagen eher zurück, ich möchte nicht zum Trunkenbold degradiert werden.

Der Traum als Bewusstseinserweiterung erscheint mir da wesentlich interessanter."

„So etwas habe ich noch nicht gehört und auch habe ich noch nie über so etwas nachgedacht. Irgendwie weiß ich aber, worauf du hinaus willst. Ich kenne diese Art von Träumen. Träume, die mich bilden oder mir schwierige Fragen aufwerfen."

Angelique starrte für einen kurzen Augenblick auf die Wanduhr und sprang plötzlich völlig unerwartet auf.

„Meine Güte ... ich muss leider fort. Nimm dies nicht zu persönlich, aber ich muss sofort gehen."

Sie beschlossen sich irgendwann einmal, noch aber in nächster Zeit, wieder zu treffen. Trotzdem erschien es Gabriel äußerst merkwürdig, dass Angelique mitten in der Konversation aufstand und das Landhaus fluchtartig verließ. Sie verabschiedete sich auch nicht von Magrit. Es schien so, als ob sie sich heimlich zurückzog.

Gabriel hielt es für angebracht seinen Heimweg anzutreten und sich von Magrit zu verabschieden. So gingen beide ihrer Wege.

Sie unterlagen mithin beide ihrer gesellschaftlichen Konventionen. Eine Konvention, die es ihnen nicht erlaubte, vor anderen Menschen zu offen zu sein und dabei aufzufallen.

Kapitel 4. Der Traum

Dieser Abend hatte bei Gabriel viele Fragen aufgeworfen, trotz seines erhöhten Alkoholkonsums wurde er nicht müde und lies seine Gedanken kreisen.

„Der Abend war wunderschön, doch wieso musste sie so plötzlich los. Vielleicht hätte ich nicht so viel trinken sollen, vielleicht habe ich Angelique Angst gemacht.

Aber der Alkohol hat uns nicht geschadet, im Gegenteil, wir waren uns sehr ähnlich. Diese Offenheit habe ich dem Wein zu verdanken. Ich muss erst einmal nach Hause."

Gabriel verbrachte viel Zeit zuhause, er zog sich gerne zurück. Am liebsten setzte er sich auf seinen Sessel und machte sich Gedanken über Dinge, die ihn gerade durch den Kopf geisterten. Nur selten empfing Gabriel Besuch, doch gerade heute sollte sein Kommilitone Andreas vorbeikommen, um sich ein Buch über die Traumdeutung zu leihen. Gabriel empfand dieses Buch eher als Schabernack und esoterische Floskel. Er hatte sich beim Kauf wesentlich mehr erhofft als die Deutung irgendwelchen im Traum auftauchenden Gegenständen, deren Interpretation er für unhaltbar hielt. Daher fiel es ihm nicht schwer, das Buch aus seinem Besitz zu geben. Es gab Bücher in Gabriels Sammlung, die würde er niemals verleihen.

Gabriel mochte Andreas nicht so gerne, da dieser nicht viel sprach und irgendetwas Merkwürdiges in sich hatte, was es war, konnte Gabriel jedoch nicht herausfinden. An sich ist Andreas ein netter junger Mann, doch konnte Gabriel nicht viel mit diesem anfangen. Andreas gehörte auch zu Magrits Freundeskreis und war dort, was für Gabriel völlig unerklärlich war, sehr beliebt. Alle nannten ihn den Leisen, da er mit Nachnamen Leisenmann hieß und lustigerweise sehr leise war. Er wunderte sich nur, dass dieser auf der letzten Geburtstagsfeier nicht anwesend war. Trotzdem stand für Gabriel nichts entgegen, diesem sein Buch zu leihen. Es klopfte an der Tür und Gabriel öffnete.

„Sei gegrüßt Andreas, komm doch einen Augenblick herein. Ich werde sofort das Buch für dich heraussuchen. Ich muss nur noch einmal nachsehen, wo ich es hingelegt habe. Hoffentlich habe ich es nicht verlegt.

Wo warst du eigentlich am letzten Abend, warst du etwa nicht geladen oder hast du Magrits Geburtstag vergessen? „

„Guten Tag Gabriel! Danke, dass du dir die Zeit genommen hast. Ich habe die Feier gewiss nicht vergessen, doch war ich die letzten Tage sehr krank und musste mich erst auskurieren, der gestrige Abend gehörte leider dazu. Selbst heute geht es mir nicht bestens, aber erträglich. Ich war wirklich außer Stande, an der Feier teilzunehmen."

Irgendwie schien Andreas sehr merkwürdig und aufgeregt zu sein und machte lange Pausen zwischen den Sätzen.

„Ich kann es kaum erwarten, das Buch zu lesen, ich habe von vielen Seiten gehört, dass es sehr gut und verständlich sein soll. Was hältst du eigentlich davon? Hat es dir geholfen?"

„Wie geholfen? Ich wollte es nur lesen, aus Interesse natürlich. Ich fand es ehrlich gesagt mittelmäßig bis schlecht. Ich habe es mir damals angeschafft, da ich selbst viel Träume und diese besser deuten wollte. Im Ergebnis wurde mein Verlangen nicht gestillt. Falls es dich interessiert, kann ich dir mal Traumdeutung aus meiner Sicht präsentieren. Ich halte es nämlich für äußerst fragwürdig, eine pauschale Wissenschaft daraus zu machen, wie es der Verfasser des Buches tat. Das Deuten bestimmter Gegenstände, naja ... so etwas machen doch eher Kunsthistoriker."

Trotz allem konnte Gabriel erkennen, dass Andreas immer noch überaus großes Interesse an dem Buch hatte, ebenfalls schien Gabriels Einleitung zu diesem zu gefallen.

„Zeit habe ich heute genug, aber nur zu, wenn du wirklich Lust hast mich aufzuklären. Ich bin in dieser Hinsicht offen für Neues. Dann lass mal hören."

Nun war Gabriel bereit das zu tun, was er immer tat, wenn er jemanden mit seinen Gedanken infiltrieren wollte. Er lehnte sich zurück in seinen Sessel und nahm eine belehrende Haltung an.

„Es ist alles sehr geordnet. Ich höre Stimmen in meinen Träumen, ich lerne in meinen Träumen, was früher von Propheten als Visionen aus dem Jenseits gedeutet wurde, halte ich für Stimmen aus dem Diesseits, welche mir zum Teil interessante Fragen aufwerfen.

Wenn ich träume, habe ich es unter Kontrolle, ich erkenne das Unechte darin, meistens wird mir in meinen Träumen die verkehrte Realität dargestellt, mit meinen Uhrängsten gespielt oder einfach nur etwas Schönes dargestellt.

Einen Traum erkennt man daran, dass die Realität in diesem völlig überzogen dargestellt wird. Farben wirken anders, Familie, Freunde und Bekannte sehen ganz anders aus, obwohl man weiß, um wen es sich handelt. Eine verrückte Welt, jedoch äußerst interessant. Manchmal kann ich aber einen Traum nicht erkennen, da dieser manchmal zu real wirkt.

Nicht selten lerne ich in Träumen Dinge dazu, von denen ich in der Realität keine Ahnung habe. Meistens passiert dies, wenn ich in der Realität eine Barriere habe und mein gewolltes Verständnis für ein mir schier uninteressantes Thema nur beschränkt ist. In meinen Träumen werde ich über dieses aufgeklärt. Es ist, als ob jemand möchte, dass ich es verstehe, vermutlich ist dieser jemand mein Unterbewusstsein, mein inneres Ich.

Ich habe das Gefühl, dass ich beispielsweise beim Überfliegen von Zeitungsartikeln bewusst einige Stellen überfliege, mein Unterbewusstsein diese aber unbewusst aufnimmt und mich in der Nacht damit so unangenehm konfrontiert, dass ich gezwungen werde, mich damit auseinanderzusetzen und morgens bestens Bescheid weiß. Dies alles mag zwar sehr merkwürdig klingen, doch ist dies von Person und Charakter abhängig, nicht jeder ist in der Lage dazu, aus seinen Träumen zu lernen oder das Unechte daran zu erkennen. Bestimmte Gegenstände, die in meinen Träumen auftauchen, deute ich erst gar nicht, dafür tauchen diese ohne wirklichen Zusammenhang auf."

Gabriel steigerte sich immer mehr hinein und verlieh seinen Worten zusätzlichen Nachdruck, indem er geordnet gestikulierte.

„Hiermit will ich mich nicht als Übermensch darstellen, sondern eher meine Freude ausdrücken, dass ich in der Lage bin, Träume schön zu finden und mich immer wieder freue, daraus zu lernen.

Doch glaube ich, kann auch ein ungeübter Charakter versuchen die Barrieren zu durchbrechen und Einfluss auf seine Träume nehmen. Damit meine ich den Traum zu leben oder in eine gewollte Richtung zu lenken. Dies erscheint am Anfang als nahezu unmöglich, doch kann der Durchbruch durch konstante Wiederholungen erreicht werden.

Jeder Mensch hat doch schon mal geträumt, dies ist auch ein völlig natürlicher Vorgang. Einige Menschen träumen häufig, andere eher wenig, was die Übung selbstverständlich im Wesentlichen erschwert. Meditation ist hier jedoch ein weiteres Mittel, dass Abhilfe schaffen kann. Hierbei sollte jedoch beachtet werden, dass das Einschlafen bei einer tiefen Meditation absolut vermieden werden sollte. Die Folge könnte darin bestehen, dass intensive Albträume folgen, eine eher unangenehme Folge, welche auch nicht unbedingt angestrebt wird.

Das Optimum ist der so genannte Halbschlaf, der Zustand, der zwischen dem Schlafen und dem Aufwachen bzw. dem Wachsein und Einschlafen liegt. Dieser ist das Intermezzo des Geistes. Gefühle werden dabei so stark intensiviert, dass sie so real erscheinen und uns nicht loslassen wollen. Man ist endlich in der Lage Glück und andere unbekannte Gefühle zu spüren. Diesen Zustand zu erreichen, ist für manche einfach und geschieht fast von allein und ist für andere kaum zu greifen. Für diejenigen, die dieses Gefühl noch nicht wahrgenommen haben, hilft nur, sich jedes Mal beim Einschlafen oder Aufwachen darauf zu konzentrieren.

Das Eigentliche und Wesentliche daran ist, wenn man diesen Zustand bereits erreicht hat, an das Endliche des Diesseits zu denken und sich in diesem Zustand auch drüber bewusst zu werden. Dies erfordert viel Sorgfalt, da diese Phase es sehr schwer macht, überhaupt einen Gedanken zu fassen. Eine kleine Hilfe ist jedoch, mit einem schönen Gedanken einzuschlafen. Dadurch bekommt derjenige, der diesen Gedanken zu diesem Zeitpunkt fasst, einen Einblick in dieses Gefühl. Es wird eine Zusammenkunft mehrerer unbeschreiblicher Gefühle, die auch bei den einen oder anderen fürchterliche Angst hervorrufen wird. Angst jedoch auch deswegen, weil die meisten Menschen diese Gefühle noch nie gespürt haben. Der Mensch hat immer Angst vor Dingen, die er nicht kennt und auch nicht zuordnen kann.

Dies alles mag verrückt klingen, doch ist es das nicht, im Gegenteil, es funktioniert. Es ist die natürliche Form der Bewusstseinserweiterung.

Es gibt aber auch fürchterliche Träume, die ich selbst nicht durchschauen kann, diese sind einfach zu real. Es sind Geister in mir. Ich kann sie nicht kontrollieren. Sie lassen mich Fürchterliches durchleben. Dabei werden die intensivierten Gefühle auf eine kranke Art und Weise missbraucht und lassen mich eine Höllenqual erleiden."

Andreas war überwältigt und eingeschüchtert von Gabriels Erzählung. Mit so einem Vortrag hatte er nicht gerechnet. Eigentlich kam er nur mit der Intention, das Buch zu holen. Jetzt aber hatte er auch Angst, dass dieses ihn langweilen könnte. Gabriel hatte einfach zu viele Informationen in den Raum gestellt und dies so schnell, dass Andreas diese kaum durchdenken konnte. Daher unterbrach er Gabriel und zeigte ihm an, dass er nun nach Hause gehen wollte. Er bedankte sich herzlich für das geliehene Buch und Gabriels Vortrag. Gabriel blieb im Sessel sitzen und verabschiedete sich sitzend und überheblich von Andreas.

In sich hinein kichernd wie ein kleines Kind, lies Gabriel die ganze Situation nochmal Revue passieren.

„Was mag sich Andreas wohl jetzt denken? Ihm habe ich das Buch ganz schön vermiest. Dieser Kerl redet wirklich nicht gerne. Ob er mir überhaupt zugehört hat?"

Mit diesen letzten Gedanken schlief Gabriel friedlich ein.

Plötzlich klopfte es, dieses laute Klopfen hatte Gabriel aus dem Schlaf gerissen. Er stand auf und ging an die Tür, dann öffnete er sie. Vor ihm stand niemand. Er schaute sich um, aber absolut niemand war zu sehen.

„Wer ist da? Wer hat hier gerade geklopft? Andreas bist du das? Andreas das ist nicht lustig! Bist du noch hier?"

Völlig verwirrt schaute Gabriel um sich, rechts, links, auf und ab, aber niemand stand vor der Tür. Er verschloss die Tür und setzte sich wieder in seinen Sessel. Einen Augenblick später klopfte es wieder.

Gabriel sprang auf und rannte so schnell er konnte Richtung Tür, während er dorthin lief, vernahm er ein leises Kichern. Er öffnete die Eingangstür und sah aus dem Augenwinkel, wie sich eine und dann noch eine weitere kleine Gestalt hinter einer Kiste versteckten und beide kicherten. Er machte sich auf in die Richtung und sah nach. Merkwürdige Dinge gingen ihm durch den Kopf und ein gewisses Unbehagen hatte er auch.

Als er sich näherte, wurde das Kichern immer lauter und infantiler. Als er hinter die Kiste guckte, sah er die Nachbarsjungen, die ihm offensichtlich einen Streich spielten.

„Ihr schon wieder! Macht, dass ihr hier wegkommt. Noch einmal, dann werde ich es eurem Vater erzählen und dann gibt es richtig Ärger."

Die Jungen haben es mit der Angst zu tun bekommen und sind schnell weggelaufen. Gabriel drehte sich um und ging zurück zu seinem Sessel, in den er sich wieder setzte.

Kapitel 5. Der Freund

Stunden vergingen, Gabriel holte den fehlenden Schlaf der Vortage nach. Nachdem er aufstand, fiel ihm ein, dass er noch etwas vorhatte. Gabriel wollte schon seit langen einen alten Freund aufsuchen, in seinem Bekanntenkreis war dieser als Baumeister Michael bekannt. Er war ein einfacher Mann, Ende zwanzig und Maurer. Trotzdem hatte er sich seinen Spitznamen durchaus verdient. Michael war als sehr ordentlicher Arbeiter bekannt und in der Regel mit seinen Baukünsten seinen Meistern überlegen. Zusätzlich waren die Menschen von seinem Scharfsinn begeistert. Michael war immer ein guter Schüler, doch wollte dieser mit seinen Händen Dinge erschaffen und wählte diesen Weg. Im entferntesten Sinne sahen die Bekannten diesen als Aussteiger, da sich Michael bewusst gegen eine sogenannte Karriere entschied.

An sich führte Michael ein ziemlich einfaches, jedoch ein sehr glückliches Leben, so schien es Gabriel zumindest. Er war ein Familienmensch und verbrachte sehr viel Zeit mit seiner Frau und seiner Tochter, die er über alles liebte.

Auf dem Weg dorthin machte sich Gabriel ständig Gedanken über Angelique. Er war einfach hin und her gerissen. Zum einen deshalb, weil sie aus dieser Familie stammt, die er für sehr oberflächlich hielt und zum anderen sie genau das Gegenteil widerspiegelte.

Bei Michael angekommen, öffnete Michael mit einem betrübten Gesicht die Tür und begrüßte Gabriel jedoch sehr herzlich, indem er ihn umarmte. Sie liefen durch das Haus und erreichten den Garten durch die Hintertür. Beide standen dann in Michaels Garten, dieser war zwar sehr klein, da Michael nur in einem kleinen Arbeiterreihenhaus lebte, doch war dieser sehr gepflegt mit vielen Blumen, die einen unbeschreiblichen Duft im gesamten Garten versprühten. Diese bunte und lebensfrohe Atmosphäre war ein Spiegelbild Michaels. Trotz alledem war diese Atmosphäre durch Michaels Wut geprägten Gesichtsausdruck getrübt.

Gabriel sah in Michael einen guten Gesprächspartner, dieser hatte zwar nicht den von aus Gabriels Sicht geforderten Tiefgang, jedoch waren Michaels Ansichten und die Erklärungen dafür sehr hilfreich für Weiterentwicklungen von Gabriels Gedankengängen.

Leider brachte Michael auch viele gesagte Gedanken durcheinander und konstruierte merkwürdige Theorien daraus. Auch handelte er häufig viel zu impulsiv, eine Eigenschaft, die Gabriel manchmal sehr störte. Sie schienen ihm nicht sehr sachdienlich. Plötzlich brach Michael eine

Lanze, indem er seinen Gesichtsausdruck mit Worten verteidigen wollte.

„Gabriel hast du schon mitbekommen, meine Schwester ... sie, sie hat ihr Kind abgetrieben. Sie hat es einfach aus ihrem Körper schneiden lassen. Ist das nicht Mord? Wie kann sie nur so etwas tun, soll ich es meinen Eltern erzählen? Sie ist doch bereits zweiundzwanzig Jahre alt und erwachsen. Ihren Freund kennt sie auch bereits einige Jahre. Was hat sie zu dieser falschen Entscheidung bewegt, welcher Teufel hat sie geritten?"

„Beruhige dich mein Freund. Urteile nicht so schnell und rede mit ihr. Vielleicht hast du ihr nicht richtig zugehört. Möglicherweise gibt es eine logische Erklärung dafür. Sie wird doch sicherlich einen Grund gehabt haben."

„Für Mord! Gabriel für Mord? Wie willst du eine logische Erklärung oder eine Begründung für so etwas finden? Sag es mir. Sag es mir! Ich bin so rasend vor Wut, ich kann mir das Ganze einfach nicht erklären. Warum hat sie das getan? Ich finde keine Worte für die Wut, die in mir brennt. Ich bin fast sprachlos. Meine eigene Schwester ... meine eigene Schwester. Sie hat mich nicht einmal um Rat gebeten. Misstraut sie mir?"

„Höre auf, ständig Mord zu sagen und euer Vertrauensverhältnis infrage zu stellen. Das ist was völlig anderes und deskreditiert deine Schwester in einer unangemessenen Art und Weise.

Ich meine damit, dass es vielleicht einen triftigen Grund dafür gibt, dass sie sich vielleicht in der Lage sieht, nicht anders zu können, als diesen schweren Schritt zu vollziehen. Vielleicht hat sie genau mit dieser Reaktion deinerseits gerechnet und wollte sich nicht demütigen lassen. Ich kenne dich schon lange, ich kenne deine Familie und kann es nachvollziehen, dass jemand, der dazu ein frommer Christ ist, dazu neigt, Abtreibung als Mord anzusehen. Doch Michael höre mir bitte zu! Du entscheidest nicht über deine Schwester, sie hat über ihren Körper selbst zu entscheiden, die Entscheidung darf ihr in keinem Fall abgenommen werden, auch nicht von dir.

Ehrlich gesagt, bin ich sogar etwas enttäuscht über deine Reaktion, ich hätte nie gedacht, dass gerade du, der zwar zu impulsiven Entscheidungen neigt, so etwas von sich gibt, wenn es um die eigene Familie geht.

Außerdem stellt Mord das Töten an einem lebendigen Menschen dar und das ist bei deiner Schwester wohl kaum der Fall. Das ungeborene Leben messe ich nicht an den Wochen, dass es im Mutterleib bereits verbracht hat. Ich messe es auch nicht daran, dass dieses Lebewesen dazu in der Lage sein muss, organisch unabhängig von der Mutter zu existieren, sodass es beispielsweise selbstständig atmen kann, doch will ich hier jetzt auch kein Maß für Mord anlegen, das wäre eine weitere Grundsatzdiskussion, die an dieser Stelle keinen Sinn macht. Ich hoffe einfach nur, dass du verstanden hast, worauf ich hinaus will, nenne diese Angelegenheit einfach nicht so. Es tut mir leid, dass ich dir jetzt das Wort Mord streitig mache, doch unterscheide ich zwischen einem Mord und einem Schwangerschaftsabbruch. „

Michael fing an, sich langsam aber sicher zu beruhigen. Es war ihm anzusehen, dass er über das von Gabriel gesagte sehr erstaunt war. Langsam fasste sich Michael und ging sodann auf Gabriels Worte ein.

„Gabriel, jetzt enttäuschst du mich. Ich bin kein christlicher Fanatiker. Ich bin zwar fromm und gefestigt in meinem Glauben, das lasse ich mir auch nicht nehmen, doch bin ich auch aufgeklärt, was die Festigung meines Glaubens angeht. Selbstverständlich ist jemand wie ich gegen eine Abtreibung jeglicher Art, auch gibt es für mich keine Rechtfertigungsgründe für solch eine Handlung. Mir geht es hier nicht um das von dir jetzt Gesagte. Diese Gedanken habe ich bereits lange verinnerlicht und akzeptiere sie auch, oder besser gesagt, ich muss mich nun mal damit abfinden. Dies versetzt mich dennoch in Wut. Doch erinnere ich mich bei dieser Angelegenheit an Deine Worte. Mein Anknüpfungspunkt ist das einst von dir gesagte. Du hast mir mal von einiger Zeit erzählt, dass du Goethes Werther gelesen hast. Danach habe ich dies Buch auch gelesen, da ich von dem von dir Gesagten völlig fasziniert war. Daraus hast du auf eine Traumtheorie geschlossen. Ich habe es im Anschluss auch gelesen, um dich besser zu verstehen.

Ich meine, dass meine Schwester einen Traum ermordet haben könnte. Entschuldige meine etwas übereilte und rasante Wortwahl, da ich es anders meinte, als es offensichtlich bei dir angekommen ist.

Sollte es so sein, dass wir in unserer Existenz einen Traum entspringen und jedes unserer Leben ein kosmischer Traum ist, was passiert dann, wenn dieser Traum in seinem Anfangsstadium unterdrückt wird. Schlimmer noch, was passiert, wenn dieser Traum in einen Schwebezustand gerät. Ein Zustand, der ungewiss ist und diesen Traum nicht beendet. Können Träume etwa nicht leiden? Ist unser Leben vielleicht etwa nicht nur ein kosmischer Traum? Am schlimmsten wäre es, wenn dieser Traum entsteht und nicht vergeht, also mit dem Beseitigen des entstehenden organischen Lebens, obwohl er de facto niemals geträumt werden kann, weil der dazu benötigte Mensch in unserem realem Leben fehlt. So gesehen meine ich einen herrenlosen Traum."

Gabriel war zunächst sprachlos und begeistert zugleich von dem, was Michael gerade zu ihm gesagt hatte und erlaubte sich eine kleine Denkpause.

„An einen herrenlosen Traum habe ich noch nie gedacht, ich bin erstaunt, dass du mir in dieser Hinsicht einen Schritt voraus bist, ich dachte ich hätte diesen Gedanken bis zum äußersten ausgereizt. Meiner Meinung nach kann dieser kosmische Traum nur existieren, wenn der dazugehörige für uns reale Mensch wirklich existiert. Da es bei einer Abtreibung oder beispielsweise auch einer Fehlgeburt dazu kommt, dass der für uns real existierende Organismus nie zu einem lebendigen Menschen heranwächst, gehe ich davon aus, dass der Traum nicht weitergeführt werden kann und mit der Beseitigung des heranwachsenden Lebewesens untergeht. Das ist für mich die einzige logische Konsequenz. Ein Bewusstsein muss erstmal heranwachsen, hier als vom instinktgesteuerten Wesen zum Wesen mit einem Bewusstsein."

Michael war von Gabriels Gedanken sichtlich enttäuscht und hatte eigentlich mehr erwartet.

„Deine Meinung trifft aber nur zu, sofern die Seele bzw. der Geist des Menschen nur zu Lebzeiten eines Menschen existiert, also von biologischen Komponenten abhängig ist. Ich aber Gabriel glaube an die Ewigkeit, dies nicht zuletzt wegen meines Glaubens. Somit ergibt es für mich nur Sinn, dass auch eine Seele eines verstorbenen oder abgetriebenen Individuums existiert und nicht vom organischen Leben abhängig ist.

Ich meine, dass dieses Wunder, dieser Traum wirklich anfängt zu existieren, nur der dazu gehörige Mensch nicht. Was geschieht mit dem Traum? Geistert er durch das Diesseits und ist darin verloren?

Ich möchte damit festhalten, dass zwar der dazugehörige Mensch nicht existiert, aber der Traum an sich eine Art Bewusstsein entwickelt, welches von der realen Welt beeinflusst wird und somit heranwächst und im inneren Befinden und nach der inneren Ansicht, denkt, dass es als wirklicher Mensch lebt, auch wenn dem nicht so ist. So gesehen wäre eine Parallelwelt denkbar. Es mag zwar wie eine Geistergeschichte klingen, wäre aber denkbar.

So will ich behaupten, dass wir eventuell umzingelt sind von kosmischen Träumen, die zu einem in für uns real existierenden Menschen vorhanden sind und auch in nicht real existierenden Menschen als so eine Art Geist existieren, sodass wir diese erst gar nicht wahrnehmen können. So gesehen ist derjenige bereits zwischen Diesseits und Jenseits gefangen, bevor er je einmal im Diesseits war.

Nehmen wir mal an, dass dem nicht so sei. Dann würde ich an meinem eigenen Glauben zweifeln müssen."

Gabriel wurde an dieser Stelle plötzlich arrogant und wütend zugleich. Er fing an zu stottern, was seiner Unsicherheit Nachdruck verlieh.

„Die ...Die ... Dies schließe ich aus, es würde keinen Sinn ergeben, dass Träume, die de facto nicht als für uns reales Lebewesen verkörpert werden, geträumt werden können. Wieso sollte so etwas funktionieren. Im weitesten ergebe so etwas keinen Sinn. Dies ist nur christlicher Schabernack."

„Hast du, lieber Gabriel, nicht selbst einmal gesagt, dass es eine allzu menschliche Krankheit sei, nach einem Sinn zu fragen. Genau das zeichnet uns Menschen aus, wir stellen Fragen, und Fragen sind dazu da, um einen Sinn zu ermitteln. Für mich stellt es keine Krankheit dar, sondern die Natur der Dinge. Wieso sollte also die Natur etwas Krankes darstellen.

Übrigens Gabriel, damit schließt du in einem weiteren Atemzug aus, dass es eine Seele bzw. einen Geist geben kann. Dies folgere ich daraus, dass du das Bewusstsein eines Menschen von seinen elektrochemischen Prozessen bzw. Gehirnströmen abhängig machst. Somit kann deiner Meinung nach nur jemand mit einem biologischen Bewusstsein existieren."

Nun war Gabriel völlig außer Rand und Band, er wusste so recht nicht mehr, was er dem erwidern könnte.

„Ich ... ich werde das mit dir jetzt nicht ausdiskutieren. Ein normales Gespräch scheint mit dir nicht möglich zu sein. Ich gehe lieber."

„Gabriel, Gabriel, nun warte doch. Gabriel! Ich möchte nicht mit dir streiten, doch seit wann bist du so verunsichert und arrogant?"

Gabriel dreht sich um und ging, sie trennten sich im Streit. Ihm fehlten einfach die Worte, um Michael vernünftig zu entgegnen. Eine solche Diskussion hatte er lange nicht mehr geführt, trotzdem fühlte er sich von Michael irgendwie angegriffen. Irgendwie ist ihm Michael zu nahe getreten, dies auf eine Art, mit der Gabriel nie gerechnet hatte. Doch war er auch irgendwie froh darüber, gerade von Michael, mit seinen eigenen Gedanken konfrontiert zu werden. Damit hatte er jedoch nicht gerechnet. Einen tiefergehenden Konflikt ging Gabriel aus dem Weg. Er wollte sich mit Michael nicht im Streit trennen, ihm blieb jedoch nichts anderes übrig. Es hatte ihm die Sprache verschlagen und bevor er irgendetwas Falsches von sich geben würde, verließ er lieber das Haus, ohne auch nur ein Wort zu verlieren.

Kapitel 6. Ein Mann

Tage vergingen nach dem Streit mit Michael. Gabriel hatte lange daran gedacht und kam zu keinem für ihn befriedigenden Ergebnis, ein schlechtes Gewissen plagte ihn dennoch nicht. Trotz allem beneidet er Michael, dieser scheint für Gabriel ein erfülltes Leben zu führen und sich nicht ständig in irgendwelche Gedankengänge zu verstricken. Es ist diese Einfachheit in seinen Gedankengängen, die auch häufig zu guten Schlussfolgerungen führten, die Gabriel so gerne hatte.

Es gab aber auch Menschen, die Gabriel nicht beneidete. Es waren Menschen, die sich voll und ganz ihrer Karriere widmeten und, seiner Meinung nach, vergaßen zu leben. Gabriel selbst lebte eher frei, zumal er sich selbst noch in Ausbildung befand und nicht dazu bereit war, sich auf irgendeiner Weise in Bezug auf seine Zukunft festzulegen. Er genoß ein sorgenfreies Studentenleben, welches er in vollen Zügen ausreizte.

In einem Café sah Gabriel einen auffälligen, sehr gut gekleideten und sehr gepflegten Herren mittleren Alters, welcher sich in Richtung Gabriel bewegte. Dieser setzt sich zu Gabriel an den Tisch, da er keinen anderen freien Platz gesehen hatte und ihm Gabriel offensichtlich auch noch bekannt vorkam. Er schaute Gabriel für einige Sekunden etwas genauer an.

„Kennen wir uns? Sind Sie nicht der Sohn von ...?"

Gabriel erkannte den Herren, es war Herr Gilner, ein Geschäftspartner seines Vaters. Dieser wurde in engeren Kreisen als Machiavelli bezeichnet. Ein Mann, welcher nur arbeitet und skrupellos gegen Geschäftspartner vorgeht, welche ihm im Wege stehen, um seine Interessen durchzusetzen. An sich zeugte er von äußerster Freundlichkeit, diese war jedoch immer dominant und sehr bestimmend. Gabriel mochte Menschen dieser Art eher nicht und war ihnen gegenüber abgeneigt, obwohl dieser immer sehr freundlich zu Gabriel war. Diese Situation war für Gabriel eher unausweichlich, zumal sein Kaffee zu heiß war, um diesen innerhalb weniger Sekunden weg zu schlürfen und unter dem Vorwand zu verschwinden, dass er dringend weg muss. Somit suchte selbst Gabriel Augenkontakt mit diesem Herren, um einer unangenehmen Situation aus dem Weg zu gehen.

„Guten Tag Herr ... Herr Gilner. Ich habe Sie auf den ersten Blick nicht erkannt. Wie geht es Ihnen? Ich habe Sie lange nicht mehr gesehen. Pflegen Sie keine Kontakte mehr zu meinem Vater? Wie laufen die Geschäfte?"

Sagte Gabriel mit aufgesetzt lächelnder Miene, um die zunächst unangenehme Situation zu lockern.

„Offensichtlich haben Sie mit Ihrem Vater die letzten Tage nicht gesprochen oder dieser hat nichts erwähnt. Es ist ja auch eher eine Privatangelegenheit", antwortete Herr Gilner völlig erstaunt und zeigte dazu ein bedrücktes Gesicht. Dies aber nicht, weil ihn die Situation unangenehm vorkam.

„Wie meinen Sie das? Meinen Vater habe ich tatsächlich seit einigen Wochen nicht gesehen, da er sehr beschäftigt ist, ich bin es auch. Gibt es Neuigkeiten die ich in der letzten Zeit nicht vernommen habe? Ein großes Geschäft?"

„Es tut mir leid, ich wollte Sie jetzt nicht Bedrängnis bringen. Sie können es freilich nicht wissen. Meine Frau ist vor einigen Tagen gestorben. Sie erlag dem Krebs. Die letzten Tage waren einfach fürchterlich. Ich bin seit Tagen dabei, mich zu sammeln."

Dies war Gabriel äußerst unangenehm, gar peinlich, er versuchte die Situation zu retten, indem er sein Mitgefühl bekundete.

„Das tut mir aufrichtig leid Herr Gilner. Ich hatte keine Vorstellung davon, dass so etwas so plötzlich passieren kann. Ich kann Ihnen nur mein Mitgefühl aussprechen. Ich wusste noch nicht einmal, dass ihre Frau an Krebs litt beziehungsweise überhaupt so schwer krank war. Es tut mir wirklich leid, ich konnte die Information nicht vernehmen, da ich selbst meinen Vater seit Langem nicht mehr gesehen habe. Ich möchte Ihnen nur mein Beileid bekunden."

„Danke, ich ... ich bin auch seit Tagen neben mir. Ich kann es nicht fassen. Es tut mir leid, ich wollte Sie nicht in Verlegenheit bringen.

Derzeit lasse ich alle Geschäfte ruhen. Ich habe mir noch nicht einmal Gedanken dazu gemacht, wann ich diese wieder aufgreifen möchte. Zum Glück habe ich einen vertrauenswürdigen Prokuristen, der sich derzeit um alles kümmert. Ich bin nun neununddreißig Jahre alt. Meine Frau wurde nur fünfunddreißig. Sie erlag dieser plötzlichen Erkrankung. Es ging alles so schnell. Niemand hätte dies geahnt, selbst bei Vorsorgeuntersuchungen gab es keine Anzeichen dafür. Es gab keinen einzigen Hinweis, sie war so lebendig, sie liebte das Leben. Jetzt leidet auch meine Gesundheit. Jetzt leidet mein Herz.

Es kam so plötzlich, ich konnte mich nicht verabschieden. Ich war ständig so sehr in meine Arbeit vertieft, dass ich sie völlig vernachlässigt habe. Ich wollte immer alles für den perfekten Ruhestand und für die Befriedigung meiner materiellen Bedürfnisse erreichen, ich habe sie völlig vergessen. Jetzt habe ich niemanden, mit dem ich dies alles Teilen kann. Wie sie sicherlich wissen, hatten wir keine Kinder, diese waren nie geplant. Wie denn auch, ich hatte ja noch nicht einmal Zeit für meine Frau."

Plötzlich war Herr Gilner still geworden, diese Stille dauerte einige Sekunden an, bis er einmal tief durchatmete und mit dem Blick eines unbeschwerten Kindes weiter redete.

„Es fing alles so einfach und unkompliziert an. Die Schule, die Hochschulreife, der Militärdienst, die Universität und plötzlich sitze ich hier, ich bin Ende dreißig und merke, dass ich etwas versäumt habe."

Gabriel war erstaunt über die Offenheit des Mannes. Er wusste nicht so recht, wie er dem entgegnen sollte, doch war er der Meinung, auf Herrn Gilner einreden zu müssen. Trotz allem wurde Gabriel völlig unerwartet aufdringlich und taktlos.

„Ich möchte Ihnen in Ihrer Situation nicht zu nahe treten. Meinen Sie, dass Sie in Ihrer Entwicklung, zu dem der Sie heute sind, etwas versäumt haben?"

Herr Gilner schaut Gabriel mit einem neutralen Blick an und antwortet vorerst nicht. Beide schweigen einen Augenblick, die Situation wurde unangenehm.

„Oh, es tut mir leid, ich wollte Ihnen nicht zu nahe treten."

„Wie gesagt, ich befinde mich in einer für mich kaum zu fassenden Situation. Wissen Sie, irgendwie möchte ich vielleicht darüber reden, vielleicht sind Sie noch etwas zu jung und werden es nicht verstehen. Ihr Gesicht ist mir jedoch seit Ihrer Kindheit vertraut, ich denke, ich kann Ihnen eine Kleinigkeit anvertrauen."

Herr Gilner machte dabei eine dominante Pose, als ob er Gabriel belehren wollte und seine Argumente nicht gelten lasse.

„Nicht in meiner Entwicklung als solche habe ich etwas versäumt, eher die Tatsache, dass ich mir nie Gedanken über mich gemacht habe. Mir wurde bereits in der Kindheit sehr viel in die Wiege gelegt, damit meine ich, dass ich in meiner gesamten Laufbahn ohne Probleme durchgerutscht bin, ohne zu merken, dass ich alt werde und mich eigentlich nie frei entfaltet habe. Mit meiner freien Entfaltung meine ich hier nicht, dass ich geistig zurückgeblieben bin, ich meine damit eher, dass ich nie richtig Zeit für mich hatte. Eine große Reise über mehrere Wochen oder Ähnliches, habe ich nie angetreten. Ich habe mir nie eine Auszeit genommen, um über mich nachzudenken, das habe ich in dieser Form noch nie getan. Es ging immer nur ums Geschäft, dieses hat mir auch meine gesamte Zeit geraubt. Jetzt habe ich gezwungenermaßen eine Auszeit, die mich zu einer Besinnung zwingt. Ich habe mich noch nie mit vielen Gedanken über mich, das Leben und dessen schnelles Ende auseinandergesetzt. Ich habe noch nie eine mir nahestehende Person verloren. In diesem Fall ist es sogar die Person gewesen, die mir am nächsten stand.

Vielleicht ist jedoch gerade mein Geschäft, meine Karriere, gleich meine Entfaltung. Jeder geht seinen Weg, meiner war dieser. Im Großen und Ganzen bin ich mit diesem Weg auch immer sehr zufrieden gewesen und bin es immer noch. Doch wieso fühle ich mich so unerfüllt, weil dieser Weg so schnell und irreal verlief? Fragen, die ich mir stelle, sind eher der Natur des Richtigen oder des Falschen. Ist die Karriere die Erfüllung? Ist diese wichtiger, als sich auf eine andere Art zu entfalten?"

Ohne lange zu zögern, versuchte Gabriel zu antworten.

„Der Mensch ist in der heutigen Zeit viel zu abgelenkt, um über sich nachzudenken, vielleicht liegt darin eine natürliche Abwehrreaktion des Menschen, man kann es niemanden verübeln, es scheint ja geradezu ein Reflex zu sein. Vielleicht hat es den Menschen in seinem Ursprung so viel Angst gemacht, dass dieser immer mehr darauf erpicht war, von den wahren Problemen unserer Existenz abgelenkt zu werden. In seinem Ursprung war der Mensch noch nicht einmal in der Lage solche Gedanken zu fassen, da dieser zu sehr damit beschäftigt war zu überleben, und zwar in der nackten Realität, also mindestens genauso beschäftigt wie ein Arbeitssüchtiger.

Erst als der Mensch die ersten dominanten, herrischen, machtmissbräuchlichen und aristokratischen Eigenschaften entwickelte, um andere Menschen zu seinen Gunsten zu unterdrücken und diese auszubeuten, ist er das erste Mal dazu gekommen, sich selbst auf intensivste Weise mit der eigenen Existenz zu befassen. So ist auch der Luxus der Philosophie in der Antike entstanden. Damals drang es aus dem Menschen, er war gierig auf das Wissen, dass seine Existenz begründen könnte.

Heute halten sich die Menschen eher für allwissend, sind es jedoch nicht. Menschen, die tief in sich selbst hinein dringen, wissen das auch. Doch wer macht das heute noch. Nachdenken ist offenbar Luxus geworden."

Sichtlich unbeeindruckt von dem, was Gabriel erzählte, holte Herr Gilner direkt zu Gegenargumenten aus.

„Ich muss Sie an dieser Stelle unterbrechen Gabriel. Damit würden Sie ja nahezu allen Menschen unterstellen, diese Gedanken zu unterdrücken, indem sie sich einfach ablenken oder besser noch, weil sie arbeiten.

Die Frage nach dem eigenen Sein verfolgt den Menschen schon von Beginn an, besonders deutlich wird dies in den verschiedenen Riten, die selbst die Menschen vor der Antike, oder, noch früher, aus der Zeit, in dem wir als Homo- sapiens hervorgingen, vorlagen. Dies sind historische Fakten, die sie nicht ohne Weiteres außer Betracht lassen können.

Ich nehme Ihnen Ihre Haltung nicht übel, doch sollten sie mit Bedacht solche Formulierungen benutzen. Ich persönlich weiß, dass sie dies nicht so abwertend meinten, wie sie es formuliert haben, andere könnten durchaus beleidigt reagieren. Genau solche Gedanken sollten eher in Zeiten der Besinnung auftreten, wie es gerade bei mir der Fall ist. Ich halte es für schädlich, ständig daran zu denken, dafür sind wir meiner Meinung nach nicht bestimmt.

Ich war auch einmal in ihrem alter Gabriel, aber machen sie sich bewusst, dass sie noch ein ganzes Stück Leben erwartet. Verschwenden Sie es nicht, konzentrieren Sie sich auf wesentliche Sachen und nicht auf selbst herausgearbeitete Theorien, zu einem vernünftigen Abschluss werden sie eh nicht kommen.

Ich habe ihnen bereits gesagt, was ich ihnen sagen wollte. Ich wünsche ihnen noch einen schönen Tag.

Und noch etwas, sie sollten sich bezüglich ihres Alters und Ihrer Position vor Augen halten, dass sie sich selbst noch in Ihrer Ausbildungsphase befinden und Menschen wie mir, mit etwas mehr Respekt gegenübertreten sollten. Guten Tag."

Herr Gilner stand auf und ging. Mit einer solchen Reaktion hatte Gabriel nicht gerechnet. Völlig perplex nickte er nun mit dem Kopf, um einer Verabschiedung nachzukommen. Er wusste nicht, wie er die Antwort von Herrn Gilner zu deuten hatte. Er wusste nur nicht, ob Herr Gilner dies so meinte, wie er es sagte oder etwas Unterschwelliges suggerierte. Gabriel hoffte, einer Blamage aus dem Weg gegangen zu sein.

Kapitel 7. Zuhause

Gabriel suchte nach dem Schock im Café sein Zuhause auf. Die Begegnung mit Herrn Gilner ließ ihn nicht in Ruhe. Er machte sich Vorwürfe, er hatte das Gefühl, sich blamiert zu haben. Irgendwie war er darüber erschüttert, wie ihn jemand so knallhart auf den Boden der Realität zurückbringen konnte. Auch belastete ihn das Gespräch mit Michael sehr.

Zuhause angekommen, setzte er sich auf seinen Sessel und schaute aus dem Fenster. Dort beobachtete er zwei Tauben, welche auf einem gegenüberliegenden Baum saßen und einen Augenblick später wegflogen.

„Hoffentlich habe ich Vater nicht blamiert, dies würde ihn sicher nicht gerade stolz machen. Ich wollte Herrn Gilner doch nur erzählen, wie ich solche Situationen bzw. den Wandel der Gesellschaft sehe. Ich konnte doch nicht ahnen, dass er sich so direkt angesprochen fühlen würde. Vielleicht stimmte ihn aber etwas anderes dazu, so zu reagieren und plötzlich zu gehen.

Fühle ich mich manchmal übermütig? Respektiere ich andere Menschen zu wenig? Wenn dem so wäre, wieso merke ich das nicht?

Vielleicht sollte ich andere Meinungen besser verwerten, indem ich sie näher an mich heranlasse. Ich habe gar nicht vor, andere Menschen zu verletzen oder deren Meinung zu ignorieren. Es gibt jedoch wenige Augenblicke in meinem Leben, in denen ich dies trainieren könnte.

Jetzt verstehe ich auch Michael, ich weiß jetzt, was er mir sagen wollte. Dabei ging er auch wirklich nur auf das von mir bereits Gesagte ein."

Gabriel stand auf und ging zu seinem Bücherregal, er wollte etwas lesen, um sich abzulenken. Seine Auswahl an Büchern war reichlich, selbst der Knigge befand sich in seinen Reihen. Er griff zu Novalis und dessen Hymnen an die Nacht, deren Sinnsprüche er gerne überflog.

Einige Minuten später schlief Gabriel ein. Er träumte, wie er durch eine Wüste wanderte, diese Wüste war vollkommen ohne Leben. Der goldene Sand darin schien still zu stehen. Ihm war nicht warm, ihm ist nicht kalt. Der Himmel ist so schön blau. Im Sand befanden sich durch den Wind geformte Wellen. Eine leichte Brise war zu spüren, doch bewegte sich sein Haar nicht.

Er wanderte planlos durch die übertrieben atemberaubende Wüstenlandschaft, die aus hohen Sandhügeln bestand, welche die Spuren des Windes auf ihren Rücken trugen. Er selbst war verwundert wie wenig Mühe dies erforderte von einer Stelle zu der anderen zu gelangen. Nahezu schwerelos pilgerte Gabriel vorwärts. Er schien wirklich glücklich zu sein, es gab in diesem Traum kein einziges bedrückendes Gefühl.

„Träume ich? Ich denke nicht ..., nur was mache ich hier? Was ist das hier? Wo ist das hier? Da ist ja Michael. "

Gabriel winkte in dessen Richtung und schrie ihm nach. "Michael! Michael! Hier... hier bin ich!"

„Warum läuft er weg. Ich sollte lieber hinterher laufen und fragen, wo wir hier sind."

Gabriel lief und lief, es war so, als ob er sich nicht von der Stelle rühren konnte. Plötzlich sah er wie Herr Gilner aus dem Nichts auftauchte und auf Michael zukam und diesen herzlich grüßte. Beide schienen sich zu kennen und begannen plötzlich, sich fröhlich zu unterhalten.

Die Unterhaltung schien sich aus der Ferne sehr lebhaft zu gestalten. Gabriel konnte aber nicht hören, worum es ging. Er merkte aber, dass die beiden sich sehr vertraut verhielten.

Plötzlich drehten sich beide in Richtung Gabriel, strecken ihre Arme in seine Richtung und zeigten mit dem Zeigefinger auf ihn. Sie begannen zu lachen, das Lachen artet von Sekunde zu Sekunde aus. Ihre Gesichter nahmen Züge an, welche Gabriel von beiden nicht kannte. Das Lachen wirkte sehr unnatürlich und verwandelte ihre ihm bekannten Gesichter in fürchterliche Fratzen. Diese Fratzen gestalteten sich so fürchterlich, dass Gabriel zunehmend Angst bekam. Gabriel versuchte sich umzudrehen, dies gelang ihm aber nicht.

Seinen Blick konnte Gabriel nicht abwenden.

„Was wollt ihr von mir? Antwortet! Was wollt ihr von mir? Lasst mich bitte in Ruhe, tut mir nichts!"

Die einzige Antwort, die Gabriel bekam, war schallendes Gelächter. Gabriel bekam es schlagartig mit noch mehr Angst zu tun. Das Lachen wurde unterdessen immer lauter. Es erreichte einen Pegel, der für Gabriel kaum zu ertragen war. Es verwandelte sich immer mehr zu einem ekeligen Schrei, dessen Frequenz sehr hoch zu sein schien.

Seine Ohren schmerzten immer mehr. Ein schrecklich hoher Ton machte sich in seinen Gehörgängen breit und fing an diese langsam zu betäuben. Währenddessen kamen die beiden immer näher auf ihn zu, wodurch es immer lauter wurde. Gabriels Ohren nahmen nur noch ein grelles Piepsen wahr.

Es war zu spät, um auszuweichen, die zeigenden Finger näherten sich unaufhaltsam. Gabriel verstand die Welt nicht mehr. Er hatte fürchterliche Todesangst. Kurz vor der unmittelbaren Berührung wachte er plötzlich völlig verschwitzt auf. Der Schweiß lief über seinen ganzen Körper.

„Wieso lachen die über mich, habe ich denn Unrecht? Warum war ich nicht derjenige, der im Recht war? Waren es nicht die beiden, die meine Ansichten ignorieren. Warum haben sie mich so grässlich angelacht?

Herr Gilner hat doch maßlos übertrieben. Er ist ein Selbstdarsteller, dies hat er über die Jahre so gut durchprobiert, dass keiner oder nur selten jemand seine Fassade durchbrechen kann. Sein dominantes Auftreten mag zwar die Gesellschaft blenden, mich aber nicht. Was bildet sich dieser Mensch überhaupt ein.

Und Michael, was wollte dieser denn mit seiner Aussage erreichen. Er ist doch nur Maurer, nicht mehr. Er ist doch gar nicht in der Lage, gewisse Gedanken zu fassen. Der spielt sich doch auch nur zu gerne auf und wäre gerne gebildet.

Ich sollte diese Erreignisse einfach vergessen. So etwas bringt mich einfach nicht weiter. Ständig mit widersprüchlichen Thesen konfrontiert zu werden, hindert mich nur an meiner geistigen Entwicklung.

Herr Gilner und Michael leben in zwei völlig verschiedenen Welten, die meiner nicht annähernd gleichen. Zum Glück bin ich nicht so wie einer der beiden.

Herr Gilner ist doch dauernd abgelenkt, er sagt doch selbst, dass er nicht versteht, was ihn ausmacht. Wie bin ich überhaupt auf die Idee gekommen, mit so einem darüber zu reden, was mich im Innersten bewegt. Fasst hätte er mich mit seiner blendenden Art eingelullt. Zum Glück habe ich ihn jetzt durchschaut.

Und Michael, was maßt er sich an, mir seine kleingeistigen Gedanken unterzujubeln. Er stapelt den ganzen Tag nur Steine übereinander und möchte sich mit mir messen. Er ist doch den ganzen Tag physisch so ausgelastet, dass er gar keine Zeit zum Denken haben kann.

Schrecklich, wie die beiden ihre Zeit vergeuden. Sogar in meinen Träumen vergeuden sie diese mit Lachen."

Gabriel sah sich im Recht. Dies war seine Art Konfrontationen aus dem Weg zu gehen. Selten ließ er sich eines Besseren belehren. Seinen Meister hatte er noch nicht gefunden. Seine Haltung würde ein Meister auch nicht zulassen.

Kapitel 8. Park

Tage waren seit seinem Albtraum vergangen, doch schwebten ihm diese merkwürdigen Ereignisse ständig im Kopf herum. Um sich von diesen zu befreien, beschloss Gabriel wieder einmal seine Wohnung zu verlassen und seine Lieblingsbank im Park aufzusuchen. Er war einfach zu konfus, um sich alleine in seiner Wohnung einzusperren.

Im Park angekommen, merkte er schnell, dass kaum Menschen dort waren beziehungsweise so gut wie niemand. So war es ihm am liebsten, denn so würde niemand ständig an ihm vorbeigehen.

Er setzte sich und schaute gen Himmel, die Wolken waren schön, sie sahen aus wie ein Himmelsgebirge. Die Formen waren so schön und die Wolken an sich so groß und so gewaltig, dass Gabriel großen Respekt gegenüber der Natur innehatte. Es war ein Wettergebilde, dass Gabriel von Kind an schon beeindruckt hatte.

Doch plötzlich konnte Gabriel seinen Augen kaum trauen, er sah Angelique. Sie lief auf der anderen Seite des Sees, der mitten im Park platziert war, entlang. Sie war ziemlich weit weg, doch konnte Gabriel sie klar identifizieren. Er verspürte bei ihrem Anblick ein angenehmes Kribbeln im Bauch, dass er so intensiv noch nie empfunden hatte. Er stand auf und schrie nach ihr, doch just in diesem Moment spielten die Enten am See völlig verrückt und waren ohrenbetäubend laut, sodass Gabriel sein eigenes Geschrei nicht vernehmen konnte. Er schrie und schrie nach Angelique, es brachte jedoch keinen Erfolg. Als die Enten aufhörten, war Angelique nicht mehr zu sehen, sie verschwand hinter einer Böschung.

Gabriel überlegte noch, ob er noch zur anderen Seite des Sees laufen sollte, um Angelique zu suchen. Dies erschien ihm angesichts der Entfernung und der diversen Wege, die hinter der Böschung abgingen für völlig zwecklos, da selbst wenn er die Böschung nach einigen Minuten erreichen würde, er nicht die leiseste Ahnung hätte, wo Angelique hingegangen sein könnte.

„Da war sie wieder, ob sie mich gesehen hat? Was macht sie hier, so alleine im Park? Ich hätte sie nur zu gerne gesprochen. Wo kann sie denn nur hingegangen sein? Hätte sie mich gesehen, wäre sie bestimmt stehen geblieben und wäre zu mir gekommen oder hätte zumindest auf mich gewartet. Das hoffe ich zumindest. Hoffentlich war ich damals nicht zu aufdringlich, hoffentlich mag sie mich."

Langsam plagten Gabriel Zweifel. Er konnte selbst die Situation bei Magrits Feier nicht richtig einschätzen. Ihr plötzliches Aufbrechen machte ihm am meisten Angst. Er fragte sich ständig, ob es an ihm lag. Doch nach mehrfachem Nachdenken besann er sich. Er hatte völlig außer Acht gelassen, dass sie ihm noch weitere Treffen in Aussicht gestellt hatte. Dieser Gedanke baute ihn wieder auf. Hätte sie kein Interesse an ihm, dann hätte sie wohl kaum so etwas suggeriert.

„Wie stelle ich ein solches Treffen an. Ich habe völlig vergessen, irgendwelche Kontaktdaten aufzunehmen und zuhause wohnt sie bestimmt auch nicht mehr, zumal ich so recht auch nicht weiß, wo das sein sollte. Ich kann aber nicht einfach bei ihren Eltern vor der Tür stehen und nachfragen. Bei einem mit Sicherheit sehr großen Anwesen werden diese bestimmt nicht selbst an die Tür gehen. Des Weiteren wird mich das Personal bestimmt abweisen. Eine solche Blamage möchte ich meinen Eltern lieber ersparen. Wie stelle ich das alles nur an?

Jetzt weiß ich wie, ich werde mit Magrit Kontakt aufnehmen. Sie sieht Angelique regelmäßig, sie wird wissen, wo ich sie finden kann."

Darüber nachdenkend, wie er zu Angelique Kontakt aufnehmen könnte, bemerkte Gabriel nicht, dass der Park sich mit Leben füllte. Plötzlich tauchten so viele Menschen im Park auf, dass es schon fast einer Versammlung glich. So etwas hatte Gabriel in diesem Park noch nie erlebt. Selbstverständlich gab es Tage an denen sehr viele Menschen dort unterwegs waren, insbesondere bei gutem Wetter. Doch an einem Tag wie diesem schien es Gabriel merkwürdig, zumal dies innerhalb von wenigen Minuten passierte.

Aus der Menge kam ihm plötzlich eine sehr alte Dame mit Hut entgegen. Sie ging direkt auf Gabriel zu, als ob sie eine bestimmte Absicht hätte. Sie hatte einen Dackel unter ihrem linken Arm geklemmt, was Gabriel dazu anregte, einmal darüber nachzudenken, warum diese alten Witwen immer diese nutzlosen Hunde mit sich herumtrugen und wer von dieser Beziehung eigentlich profitierte.

„Entschuldigen Sie junger Mann, können Sie mir vielleicht sagen, wie spät es ist?"

Während die alte Dame dies fragte, leckte der Dackel ständig und völlig vulgär in ihrem Gesicht herum. Gabriel empfand dies als widerlich, zumal dieser Köter einen Mundgeruch hatte, der selbst Gabriel übel werden lies. Um dieses merkwürdige Duo schnell loszuwerden, schaute Gabriel flott in seine Tasche und merkte, dass er die Taschenuhr, die ihm einst sein Vater schenkte, verschwunden war.

„Meine Uhr, meine Uhr – sie ist weg. Wo ist meine Uhr? Ich glaube, ich wurde bestohlen, aber von wem?

Entschuldigen Sie, ich habe meine Taschenuhr wohl verlegt. Ich kann sie im Augenblick nicht finden. Ach wissen Sie, eigentlich bin ich zeitlos glücklich."

Die Dame reagierte empört und warf Gabriel einen sehr abwertenden Blick zu. Gabriel merkte, dass diese nur so reagieren konnte, weil der Herbst bei ihr im Gesicht starke falten hinterlassen hatte.

„Niemand ist zeitlos glücklich, denn für uns hat die Zeit irgendwann ein Ende. Guten Tag noch."

Die Dame drehte sich schnell um und marschierte schnellen Schrittes aus dem Park. Unterwegs drehte sie sich noch einmal zu Gabriel um und musterte diesen mit einem abwertenden Blick. Selbst der Dackel schien böse zu schauen.

Gabriel verstand die Aufregung nicht. Er verstand nicht, dass seine Antwort gegenüber der alten Dame äußerst unangemessen war. Er wollte sich doch nur einen Spaß machen und der Dame ein kleines Lächeln schenken. Überhaupt schien ihm die ganze Situation im Park sehr merkwürdig und absurd. Er fragte sich ständig, woher die Menschen kamen und warum so viele von ihnen dort waren.

Plötzlich drehten sich alle Menschen im Park in Richtung Gabriel. Sie schauten ihn mit starren blicken an. Ihre Augen waren leer, die Pupillen weiß und ausdruckslos.

Er bekam fürchterliche Angst und ging einige wenige Schritte zurück und fiel plötzlich mit dem ganzen Körper in ein riesiges Loch.

Schreiend und zuckend wachte er auf, er hatte nicht bemerkt, dass er auf der Parkbank für einen Augenblick eingeschlafen war.

„Meine Güte, so etwas habe ich ja noch nie erlebt. Auf der Bank einzuschlafen, wie ein Obdachloser. Wie spät ist es überhaupt, wie lange war ich weg? Wieso kam ich überhaupt in den Park, gab es einen Anlass? Hoffentlich hat mich niemand gesehen, geschweige denn erkannt."

Er griff in seine Tasche und merkte erleichtert, dass seine Taschenuhr noch da war. Dabei war der Traum fast schon real, er ging wirklich davon aus, diese nicht mehr aufzufinden. Nachdem er auf die Uhr gesehen hatte, realisierte er, dass er nur für wenige Minuten eingenickt war. Er schaute sich um und sah, dass der Park genau so leer war wie vorher. Er hoffte nur, dass ihn niemand gesehen und erkannt hat. Beim weiteren Umschauen sah er eine junge Dame auf der anderen Seite des Sees. Zu seinem Erstaunen war es Angelique. Die Situation war wie eine Wiederholung des Traumes. Er sprang auf und schrie nach ihr. Im Hinterkopf beschlich ihm das Gefühl eines typischen Déjà-vus.

„Angelique! Angelique! Hallo, hier bin ich. Angelique."

Er schrie und schrie und winkte mit seinen Armen wild durch die Gegend und schließlich hörte sie ihn. Sie drehte sich in seine Richtung und winkte ihm lächelnd zu. Ihrer Gestikulation nach zu urteilen konnte, Gabriel daraus schließen, dass sie sich in seine Richtung begab. Er setzte sich auf die Bank und wartete auf sie. Schon nach wenigen Minuten war sie wieder in Sichtweite, sodass er ihr entgegen kam.

Aufeinandergetroffen, begrüßten sie sich sehr herzlich und waren offensichtlich mit Freude erfüllt.

Gabriel verdrehte sich vor Freude schon fast der Magen.

„Gabriel, es ist sehr schön, dich hier zu treffen. Ich habe an dich gedacht. Du hast diesen Park schon einmal erwähnt, ich bin zwar nur durch einen Zufall hier, war mir aber sicher, dich hier irgendwann einmal auffinden zu können."

Gabriel war ein Stein vom Herzen gefallen, dass sie zunächst anfing zu reden, da er sich nicht in der Lage dazu fühlte. Nach kurzem Zögern sammelte er seinen Mut.

„Ich habe ebenfalls sehr häufig an dich gedacht. Unser Gespräch ging mir einfach nicht aus dem Kopf. Es hat mir damals sehr gefallen. Ich fand es nur sehr schade, dass du so plötzlich gegangen bist. Gab es einen Anlass dafür?"

„Ich musste leider gehen, es ging nicht anders. Ich möchte jedoch nicht darüber sprechen. Lass es uns bitte dabei belassen."

Gabriel kam diese Antwort zwar merkwürdig vor, doch sorgte das kribbeln im Bauch dafür, dass er diese innerhalb der nächsten zehn Minuten vergaß. Sie setzten sich auf seine Lieblingsbank und fingen an sich zu unterhalten. Gabriel erzählte ihr über einige seiner Gedankengänge, die Angelique ständig mit neuem Gedankengut erweiterte, zum Teil auch so kritisch, dass Gabriel beeindruckt war. Es war das Gespräch, das er immer führen wollte. Ein Gespräch mit einem Gleichgesinnten. Er war fasziniert. Desto mehr sie von ihrem Gedankengut preisgab, desto weniger Fragen stellte Gabriel. Die Gedanken, die Fragen, die sie sich stellte, dies alles glich Gabriel so sehr, dass er es kaum fassen konnte.

„Gabriel, nun muss ich leider los. Meine Mutter erwartet mich. Wir werden uns doch hoffentlich wiedersehen. Dieser Ort hier gefällt mir sehr gut. Diese Bank ist so wunderschön. Es ist einfach so ruhig hier, diese Atmosphäre, keine Menschen, so einsam. Ich verstehe nun, weshalb du dich hier so wohl fühlst."

„Aus diesen Gründen suche ich diesen Ort so häufig und selbst bei schlechtem Wetter auf.

Angelique, ich muss dich wiedersehen. Wie oder wo finde ich dich. Wo lebst du, gibt mir bitte deine Adresse. Ich werde dich bald besuchen."

„Das geht nicht, ich meine ich kann dir nicht meine Adresse geben. Ich will dich auch unbedingt wiedersehen. Sag mir bitte, wo du lebst, wo ich dich finden kann und ich werde kommen."

Gabriel gab ihr seine Anschrift und hoffte auf ein schnelles Wiedersehen. Sie verabschiedete sich von ihm und gab ihm einem sanften und langen Kuss auf seine Wange. Ihre Lippen fühlten sich für Gabriel so weich an, dass er das Gefühl hatte, von einem Engel geküsst worden zu sein. Er schaute ihr noch hinterher, bis sie nach einigen Metern links abging und nicht mehr zu sehen war.

Gabriel war nun völlig hin und weg, seine Gefühle spielten verrückt und sein Gesicht war stark errötet. Es war ihm unerklärlich, wie eine Frau ihn nach nur zwei Treffen so sehr den Kopf verdrehte und seine Gefühle verrückt spielen lies.

Waren es die intensiven Gespräche, ihr Auftreten, ihr Verständnis oder die gleichen Ansichten, die ihn so beeindruckten? Dies waren die Fragen, die Gabriel in diesem Moment durch den Kopf gingen.

So saß er völlig glücklich alleine auf der Parkbank und verarbeitete langsam das soeben geschehene.

Kapitel 9. Der kleine Bruder

Am nächsten Tag merkte Gabriel schnell, dass er durch die vergangenen Ereignisse seine familiären Pflichten vernachlässigt hatte. Als ältester von drei Kindern, hatte sich Gabriel nach Beginn seines Studiums stark zurückgezogen und genoss die Vorzüge des Studentenlebens und die des ihm zur Verfügung stehenden Vermögens. So hatte er eigentlich wenig Gründe, regelmäßig bei seinen Eltern aufzutauchen. Sein kleiner Bruder Alexander litt sehr darunter, er war nämlich erst acht Jahre alt und blickte immer zu Gabriel auf. Kurzerhand beschloss Gabriel seine Eltern zu besuchen und Alexander auf einen Ausflug zu entführen. Er hielt es für angemessen sich ab und an mal blicken zu lassen, um damit zu beweisen, dass er eine gewisse Wertschätzung gegenüber dem hat, was seine Eltern ihm ermöglicht hatten.

Angekommen, zog er seinen eigenen Schlüssel heraus und versuchte die Tür zu öffnen. Doch schon allein der Schlüssel hatte nicht hereingepasst. Er versuchte es noch einmal und noch einmal, doch der Schlüssel passte einfach nicht. Völlig verblüfft von diesen neuen Umständen, klopfte Gabriel verbittert an die Tür, bis schließlich sein Vater diese öffnete.

„Grüß dich Gabriel, sicherlich hast du gemerkt, dass wir ein neues Schloss haben. Wärst du öfter hier, dann hättest du bereits einen Schlüssel erhalten. Komm erstmal herein und mach dich frei. Ich rufe mal Alexander, er wird sich sicherlich freuen, dich zu sehen."

Im Hintergrund war Alexander schon in Richtung Gabriel unterwegs und schien dabei sehr fröhlich.

„Gabriel, Gabriel, da bist du endlich. Lass uns was spielen. Komm mit mir in den Garten, Papa hat mir ein Baumhaus bauen lassen."

„Ich habe etwas Besseres mit dir vor. Komm zieh dich an, wir gehen in den Zoo. Das Baumhaus sehe ich mir später an."

Gabriel ist dieser Gedanke erst sehr spontan aufgekommen. Er wollte sich eine Möglichkeit ausarbeiten, in der er seinen brüderlichen Pflichten gegenüber Alexander nachkam, dies aber unter dem Umstand, dies nicht im Elternhaus tun zu müssen. An den ersten zwei Worten seines Vaters hatte Gabriel gemerkt, dass etwas nicht stimmt bzw. dass sein Vater etwas von ihm wollte.

Mit dem Zoobesuch konnte Gabriel diesem Umstand jedoch für einige Stunden entkommen und sich mental auf einen Konflikt mit seinem Vater vorbereiten.

Schnell machten sich Alexander und Gabriel auf den Weg, nachdem Alexander seinen letzten Schuh angezogen hatte.

„So Alexander, gleich sind wir da, dann zeige ich dir den Zoo. Dort waren wir mal vor fünf Jahren, aber du wirst dich bestimmt nicht mehr daran erinnern."

Völlig aufgebracht antworte Alexander. „Ich habe mal gehört, dass wir dort einmal mit Mama und Papa waren, aber ich kann mich nicht daran erinnern. Ich kenne es nur von Papas Erzählungen. Was werden wir dort zu sehen bekommen?"

„Dort lieber Alexander, gibt es Tiere aus aller Welt. Dort gibt es den großen indischen Elefanten oder den wilden thailändischen Tiger. Auch viele Tiere aus den heimischen Wäldern werden dort sein. Der Zoo hat sehr viel zu bieten. Dort werden wir bestimmt einiges erleben."

Alexander schien sich über die Situation im Unklaren zu sein und fing an Fragen zu stellen.

„Gabriel, warum sind in einem Zoo die Tiere immer eingesperrt? Das ist doch unnatürlich, oder? Tiere laufen dort, wo sie herkommen, doch auch immer frei herum."

„Lieber Alexander, der größte Teil der Tiere ist nun mal wild und viele dieser Tiere gehören hier auch nicht hin. Würden all die Tiere im Zoo frei herumlaufen, würden sie sich und die Besucher mit Sicherheit gefährden oder sogar verletzen. Deshalb ist jedes Tier seiner Art mit gleichgesinnten eingesperrt, damit es zu keinen Unfällen kommt und wir die Tiere sicher besichtigen können."

„Sind die Tiere dann nicht traurig? Denken diese Tiere nicht darüber nach, wie schön es bei ihnen zuhause sein könnte?"

„Darum unterscheiden wir Menschen uns von den Tieren. Wir sehen uns selbst als Herrenrasse auf dieser Erde. Das führt folglich dazu, dass wir Tiere unterwerfen und sie ausbeuten oder einsperren. Wir Menschen gehen eher davon aus, dass Tiere sich keine Fragen stellen bzw. dazu gar nicht in der Lage sind. Die Philosophie beansprucht der Mensch nur für sich alleine und ist auch nicht bereit diese mit einem anderen Lebewesen zu teilen. „

Währenddessen dachte Gabriel, während er noch zu Alexander sprach, noch einmal genauer nach. Er stellt sich die Frage, ob Tiere sogar überhaupt in der Lage seien, bewusst den Freitod zu wählen. Er war sich nicht sicher, ob diese über eine seelische Empfindung verfügen können, die es ihnen ermöglicht, so etwas zu tun. Dass zumindest Säugetiere denken können, war ihm schon bewusst, aber ob diese tatsächlich in der Lage sind, sich mit Wissen und Wollen selbst zu töten, brachte ihn auf einen völlig neuen Gedankenpfad. Gabriel schien durch diesen Gedanken leicht abwesend zu sein und zögerte mit seinem Monolog.

„Ich will dir damit nicht sagen, dass alle Tiere dumm sind, jedoch unterliegen sie ihren natürlichen Trieben und sind instinktgesteuert. So wie unser alter Schäferhund, er ist zwar ein besonderer Hund für uns und horcht auf Befehle, mehr kann er jedoch nicht. Ich meine nur, dass er zu keinen geistigen Meisterleistungen im Stande war."

Alexander nickte zustimmend und nahm Gabriels Worte an, ohne weiter darüber nachzudenken.

„Du Gabriel, Mama und Papa sind ganz traurig, dass du uns so selten besuchen kommst. Ich vermisse dich auch sehr. Papa sagte, dass, seitdem du deine Wohnung hast, du dich kaum noch sehen lässt."

„Alexander, das ist alles nicht ganz so einfach. Wir haben wirklich Glück, einen solch großzügigen Vater zu haben. Nun wollte ich von zuhause weg, ich wollte nicht ständig Rechenschaft über meine Angelegenheiten ablegen müssen. Noch verstehst du das nicht, aber in einigen Jahren wirst du dieses genau so empfinden.

Ich, lieber Alexander, wollte mich auf meine Art und Weise entfalten und nicht so wie es Mama und Papa vom mir verlangen. Papa hat damit ein Problem, dass die Dinge so sind, wie sie derzeit sind, doch brauche ich die Einsamkeit und eine gewisse Distanz zu euch."

Alexander war schockiert von dem, was Gabriel ihm gerade sagte. Er verstand einfach nicht, wieso Gabriel so kalt war. Er verstand es auch nicht, dass Gabriel die Einsamkeit seiner Familie vorzog. Alexander hielt seine Eltern für sehr liebevoll und konnte Gabriels Gedanken nicht nachvollziehen.

Beide schwiegen eine ganze Zeit lang, bis Alexander wieder anfing Fragen zu stellen. Eine davon hatte Gabriel erstaunt.

„Gabriel, glaubst du, dass die ganzen Geschichten mit Jesus stimmen. Ich meine so wie sie uns Mama und Papa lehrten und erzählten."

Gabriel wusste erst nicht, wie er antworten soll. Seine Familie war äußerst fromm. Er wollte Alexander nicht verletzen und seine Eltern auch nicht als Lügner darstellen. Er beschloss geschickt zu antworten, sodass Alexander sich selbst dazu Gedanken machen könnte. Nun griff Gabriel zu seinem beliebten Stilmittel, hier der Rhetorik des Überlegenden, nämlich in Form von einem lehrenden und überzeugten Ton.

„Alexander, das mit Jesus ist so eine Sache. Diese Ereignisse sind viele Hunderte Jahre her. Damals hat man noch nicht so genau Schrift geführt und alles beruhte auf Erzählungen, die von vielen verschiedenen Personen stammen, diese haben wiederum anderen etwas erzählt und die anderen haben es wiederum weiter erzählt, bis irgendwann irgendjemand anfing, gewisse Dinge aufzuschreiben.

So Alexander, du weißt selbst, wie es ist, wenn du jemandem etwas erzählt, dieser es wiederum weiter erzählt. Diese Schriften werden von verschiedenen Menschen unterschiedlich gedeutet, manche beharren auf deren Wortlaut, andere legen diese nach ihrem möglichen Sinn aus und ganz andere deuten die fantasiereichsten Geschichten daraus.

Wenn du verstehst, was ich dir damit sagen will, es gibt bei dieser Angelegenheit kein wahr oder unwahr, da am Ende alles eine Frage des eigenen Glaubens ist und kein Nachweis geführt werden kann. So wie Mama und Papa, so leben viele Menschen sehr glücklich mit diesem Glauben. Mich macht dieser Glauben jedoch nicht glücklich, zumindest nicht so wie andere, die ihren Halt darin gefunden haben. Ich hatte keine Wahl bei der Suche nach einem Glauben, mit der Taufe wurde der Weg für eine christliche Kindheit geebnet. Das ist der Nachteil in unserer Religion, aber bei fast allen Religionen hat man ab der Geburt keine Wahl. Die Wahl ergibt sich erst später, also wenn man alt genug ist, um selbst zu entscheiden, ob man bestimmte Dinge glauben will oder nicht. Ich habe mich dafür entschieden, nicht daran zu glauben. Mama und Papa verstehen meine Entscheidung jedoch nicht. Dies ist auch eine Haltung unserer Eltern, die mich sehr belastet.

Wichtiger ist jedoch, dass jeder Mensch an etwas glaubt. Glaube ist etwas, woran du immer Halt finden solltest."

Diese Antwort erboste Alexander. Mit kindlich böser Miene versuchte er sich gegen Gabriels Behauptungen zu stellen.

„Aber Mama und Papa sagten, dass alles genau so geschehen ist, wie es in der Bibel steht. Und Mama und Papa lügen nicht."

„Natürlich lügen Mama und Papa dich nicht an. Sie teilen dir eben nur mit, woran sie glauben. So wie ich dir gerade versucht habe zu erklären, im eigenen Glauben gibt es kein wahr oder unwahr. Mama und Papa teilten dir somit ihre eigene Wahrheit mit und haben dich somit nicht belogen. Unsere Eltern würden dich nie belügen, Alexander."

Gabriel merkte schnell, dass Alexander völlig überfordert war. Es waren einfach zu viele Informationen, die der kleine Junge nicht erfassen konnte. Am Ende war es Gabriel nur noch wichtig, dass Alexander seine Eltern nicht für Lügner hält.

Nach einem langen anstrengenden Tag im Zoo war auch Gabriel am Ende seiner Kräfte. Er beschloss den kleinen Alexander zu seinen Eltern zu bringen und nach Hause zu gehen.

Kaum waren beide angekommen, wollte Gabriels Vater noch mit Gabriel sprechen.

„Gabriel, Junge, sag mir doch bitte, wo du ständig steckst. Ich würde in meinem Unternehmen etwas Hilfe gebrauchen können. Schließlich sollst du dieses doch irgendwann einmal führen. Du kommst so selten hier her, obwohl wir nicht weit auseinander leben. Ich habe nicht die Möglichkeit, dich ständig aufzusuchen. Selbst zuhause treffen mich zu viele Verpflichtungen."

„Vater du weißt genau, dass mein Studium mich voll auslastet, ich schaffe es kaum, noch ein Buch für mich durchzulesen. Wie soll ich dir da noch im Unternehmen helfen."

Genau diese zwei Sätze waren es, die Gabriel immer vortrug. Er log seinem Vater mitten ins Gesicht, ohne auch nur mit einer Wimper zu zucken. Er hatte einfach kein Interesse an der Unternehmung.

Gabriel war nur wichtig, dass er genug finanzielle Mittel hat, um so zu leben, wie es seit dem Studium der Fall ist. Er merkte nicht, dass sein Vater diese Lüge schon vom ersten Tag an durchschaute, doch wollte dieser Gabriel nicht entlarven. Er liebte Gabriel zu sehr. Diese Lüge schmerze ihn jedes Mal aufs Neue. Er verstand einfach nicht, warum Gabriel so geworden ist.

„Gabriel, ich unterstütze dich auf deinen Wegen, doch erkläre mir bitte, wie ich dir helfen kann. Lass dir bitte von uns helfen."

„Wie helfen? Du hast mir doch Geld gegeben, damit ich mich entfalten kann. Genau das versuche ich zu tun. Versteh bitte, es ist nun mal nicht der Weg, den ihr euch erhofft habt. „

Gabriel verabschiedete sich und ging nach Hause, ohne sich von seiner Mutter oder Alexander zu verabschieden. Er wandte sich einfach von ihnen ab, denn dies war für Gabriel das Einfachste.

In Gedanken ging er fort, ohne seiner Familie noch einmal eines Blickes zu würdigen.

„Ich muss Angelique wiedersehen. Hoffentlich sucht sie mich bald auf. Ich ertrage diese Einsamkeit langsam nicht mehr. Wieso möchte sie nicht, dass ich weiß, wo sie lebt. Schämt sie sich für jemanden wie mich? Aber wir verkehren doch mit identischen Gesellschaften. Selbst meine Familie ist in bestimmten Kreisen bekannt. Oder spricht man schlecht über mich? Aber wieso sollte jemand so etwas tun? Außerdem ist Angelique bestimmt zu klug, um auf solche Gerüchte zu hören."

Es wurde langsam dunkel und Gabriel machte sich immer mehr Gedanken. Er war verzweifelt und konnte sich für das ihm merkwürdig erscheinende Verhalten aller anderen Personen keine Erklärung finden.

Kapitel 10. Allein

Die Nacht brach während seines Rückweges herein. Gabriel opferte nur wenige Gedanken daran, was sein Vater soeben von ihm erwartete. Er verstand auch nicht, warum sein Vater erst Hilfe von ihm forderte und ihm nächstem Atemzug seine Hilfe anbot. Seine Gedanken galten an erster Stelle Angelique, er war völlig neben sich, wenn er an sie dachte. Er war aber auch einsam, wenn er an sie dachte und diese Ungewissheit vorherrschte, wann er sie wieder zu Gesicht bekommen würde.

Ein Laster, das Gabriel nicht ertrug, war die Einsamkeit. Er verstand umso weniger, warum viele Menschen ihn nicht verstanden. Und er zog sich äußerst ungerne häufig zurück und suchte keine große Gesellschaft und wenn er Gesellschaft suchte, dann meistens, um etwas Spaß zu haben und auftauchende trübselige Gedanken zu unterdrücken. Dieses Zurückziehen brachte ihn jedoch genau diese Einsamkeit.

„Die Stimmen, die Geister, sie sind wieder da. Was wollt ihr von mir? Wieso kommt ihr zu mir? Woher kommt ihr? Ist es nur eine Stimme, die zu mir spricht?"

Er schien verwirrt und unsicher.

„Lasst mich in Ruhe! Geht ... geht! Was wollt ihr? Habt ihr mir nicht schon genug angetan. Diese ganzen Gedanken sind nur eure Schuld. Geht, geht einfach. „

In Gedanken fing er an mit sich zu sprechen.

„Wieso geschieht das. Es ist Angelique, die mich im Stich lässt, wenn sie da ist, dann vergesse ich alles. Wir sind uns erst zweimal begegnet, aber ich kann diese Frau einfach nicht vergessen. Meine Gedanken an sie begleiten mich täglich zu jeder Stunde. Ich muss sie finden, ich muss sie über meine Gefühle aufklären. Wenn ich sie nicht finde, werde ich noch verrückt."

Als Gabriel zuhause ankam, war er völlig außer sich. Er versuchte seine Gedanken zu ordnen und wollte sich überlegen, wie er mit Angelique Kontakt aufnehmen könnte. Er setze sich auf sein Bett und dachte nach.

Tief versunken in seinen Gedanken, bemerkte er plötzlich ein lautes Klopfen an seiner Eingangstür. Vorerst ignorierte er es, da gerade die Nachbarskinder häufig ihren Schabernack trieben und Gabriel vor dem Schlafen gehen ärgern wollten. Doch dieses Klopfen war nicht von einem kindischen Kichern begleitet. Im Gegenteil, es war sogar lauter und die Abstände jedes einzelnen Zeichens machten einen erwachsenen Eindruck. Es war nicht so schnell und wurde nicht so abrupt beendet, es klang wirklich so, als ob jemand vor der Tür stand.

Er beschloss, die Tür zu öffnen. Als er sie aufmachte, konnte er seinen Augen nicht trauen. Es war Angelique. Für Gabriel war es so, als ob sie seine verzweifelten Gedanken gelesen hatte und ihn danach sofort aufsuchte.

„Hallo Gabriel, ich konnte es kaum erwarten, dich wiederzusehen. Ich musste ständig an dich denken. Ich hielt es für das Richtige, dich in diesem Moment aufzusuchen."

„Ich, ich auch. Ich, ich habe gerade an dich gedacht. Es ist zwar erst gestern her, dass wir uns das letzte Mal gesehen haben, aber mir kam es wie eine Ewigkeit vor. Komm bitte rein und setz dich."

Wieder beschlich Gabriel dieses schöne Kribbeln im Bauch. Er war außer sich vor Freude, dass Angelique ihn gerade in diesem einsamen Moment aufsuchte. Er half ihr den Mantel auszuziehen und begleitete sie zu seinem Sessel, wo er ihr einen Platz anbot. Schnell räumte er einige Bücher beiseite, damit sie gemütlich Platz nehmen konnte.

Ihm ist nicht entgangen, dass sie direkt auf sein prallgefülltes Bücherregal starrte. Es schien ihr offensichtlich zu gefallen.

„Hast du die alle gelesen? Ich meine hier findet man ja fast alles, was zur Klassik gehört. So etwas kenne ich von meinem Onkel, aber von so einem jungen Mann wie dir hätte ich das nie erwartet."

„Gelesen habe ich das Meiste. In der Tat es sind viele Bücher der Klassik darunter. Ich bin kein Freund der Belletristik. Diese wiederholt meistens die Meisterwerke mit neuem Gewand. Ich habe dies durchschaut und lese lieber das Original. Es macht für mich keinen Sinn, dass Gedanken, die von einem Meister gefasst wurden, zu wiederholen, ohne neue Schlüsse zu ziehen. Die neuen Bücher unterdrücken auch die menschliche Fantasie, indem sie über Hunderte von Seiten mit sinnlosen Beschreibungen versehen sind und dabei fast schon die wesentlichen Handlungen unterdrücken. Ein Gedanke kann nur von seinem Schöpfer wiedergegeben werden. Die Interpretation dagegen von den anderen. Das Problem ist, dass zu wenige interpretieren. Sie denken, dass, wenn sie dem ein neues Gewand anstecken, eine eigene Leistung erbringen. Dem ist meiner Meinung nach nicht so. Sie sollten lieber das Fundament, hier den Gedanken, ausschöpfen und erweitern."

„Das sehe ich auch so. Ich lese ebenfalls Klassik. Mit Belletristik konnte ich nie etwas anfangen, aber eher deswegen, weil ich mich damit nicht identifizieren kann. Der Einfallsreichtum der vergangenen Autoren war einfach so wortmächtig und präzise. Es gibt nur wenige Autoren, die es heute noch schaffen, Bücher mit so viel Aussagekraft zu schreiben."

So kamen beide ins Gespräch, sie zählten ihre Lieblingstitel auf und fingen an, tiefgründige Dialoge darüber zu führen, was die jeweilige Intention des Verfassers gewesen sein könnte. Sie waren sich überwiegend überein und sehr angetan davon. Es wurde Wein getrunken und Gabriel erzählte über sich und seine Familie. Auch über sein Studium und wie er sich seine Zukunft vorstellte. Er war begeistert, dass Angelique so ein guter und aufmerksamer Zuhörer war.

Da beide aus wohlhabenden Familien stammten, fragte er Angelique über ihre materiellen Vorlieben aus. Mit Staunen vernahm Gabriel ihre Antwort.

„Dazu muss ich sagen, dass ich an Materie nichts finde, ich halte sie eher für ein realisiertes geistiges Produkt, ohne das der Mensch auch auskommen würde. Ich halte sogar Materie für etwas Gefährliches, denn Menschen können wegen ihr zu wahren Bestien werden und tun sich wegen ihr die schrecklichsten Dinge an. Menschen verzichten wegen Materie sogar zum Teil auf ihre Freiheiten und Freiheit ist doch unser höchstes Gut. Materie sorgt dafür, dass es Neider gibt, Materie sorgt dafür, dass es im Ergebnis Kriege gibt und Kriege machen aus Menschen

Unmenschen. Dies erfolgt, um die ständige Gier der Starken zu befriedigen und dass es denen, den es ohnehin schon gut geht, noch besser geht."

„Der Meinung bin ich auch. Mir selbst hat es zwar nie an etwas gefehlt, doch habe ich gemerkt, dass es in unserer Gesellschaft eine ungerechte Verteilung der Güter gibt. Ich habe es im Leben mit vielen Neidern zu tun gehabt, Neider in dem Umfeld meiner Eltern, doch konnte ich mir selbstverständlich nicht aussuchen, in welche Familie ich geboren werde. Ich finde es traurig, dass die Menschen dies nicht verstehen. Gerade meine Familie teilt sehr großzügig, nicht nur die Tatsache, dass mein Vater großzügig bezahlte Arbeitsplätze anbietet, nein ... sondern auch Wohltäter ist. Er investiert große Beträge in soziale Arbeiten und sorgt damit für seine Verhältnisse für eine gerechtere Gesellschaft. Selbstverständlich ist das Übel der Welt damit nicht abgegolten, doch ist dies ein kleiner Schritt mit Vorzeigecharakter.

Jemand, der vermögend ist oder geworden ist, ist dies nur mithilfe anderer geworden. Viele natürlich auch auf ausbeuterischer Art und Weise. Vermögen bedeutet deshalb Verantwortung, insbesondere Verantwortung für die Menschen, mit deren Hilfe man es erlangt hat. Daher liegt meinem Vater viel an dem Wohlergehen seiner Mitarbeiter, denn schließlich verdankt er ihnen seinen Erfolg. Dieses gilt für jedermann im Unternehmen, selbst für Menschen, die die einfachsten Arbeiten verrichten.

Es ist schade, dass nur die wenigsten Reichen dies begriffen haben. Der einzige Gedanke, der die Armen und den Ausgebeuteten bleibt, ist das Wissen, dass am Ende auf dieser irdischen Welt alle gleich sind. Selbst einem König kann man dann nur noch an der Krone auf seinem Skelettschädel erkennen, doch der Schädel sieht dann auch nur noch aus, wie der eines Armen. Auch ein König kann seinem Herbst nicht entkommen."

„Gabriel, so habe ich das nie gesehen. Ich habe mich nie in die Geschäfte meines Vaters gemischt und kann daher kaum beurteilen, wie es dort gehandhabt wird. Ich sehe ihn auch viel zu selten. Doch muss ich dir Recht geben.

Hast du dir schon einmal Gedanken gemacht, was uns nach diesem Leben erwartet? Ich habe in letzter Zeit über vieles nachgedacht. Ich habe vor einiger Zeit meinen Großvater verloren. Er war der einzige in der Familie, der sich wirklich viel Zeit für mich genommen hat. Ich würde schon sogar fast sagen, dass ich seine Erziehung genossen habe. Er ist plötzlich von einem Tag auf den anderen gestorben. Ich hatte keine Zeit mich zu verabschieden.

Nun verfolgen mich Träume, in denen ich ihn ständig sehe, mit ihm spreche und das, obwohl ich selbst im Traum weiß, dass er nicht mehr lebt. Es ist ein sehr merkwürdiges Gefühl, das mich in meinem Träumen beschleicht.

Diese Zeit der Besinnlichkeit hat mir ein wenig die Augen geöffnet. Wir sind endlich, zumindest auf dieser Erde. Ich habe vorher noch nie solche Gedanken gefasst. Ich konnte bis dato mit niemandem darüber reden, denn niemand hat mich verstanden.

Viele Menschen verstehen jedoch diesen gedanklichen Zwischenschritt nicht, wozu auch, wenn man ohne ihn ein sorgenfreies Leben führen kann. Ich kann diesen Gedanken auch nicht mehr unterdrücken. Doch das Endliche hält sich kaum jemand vor Augen. Das Problem liegt jedoch darin, dass, wenn dieser Gedanke einmal existiert, er auch nicht mehr wegzubekommen ist. Manchmal habe ich das Gefühl, das meine geistige Uhr falsch tickt. Ich spiele mit Gedanken, die erst wahrscheinlich bei sehr alten Menschen auftreten, sowie bei meinem damals im Sterben liegenden Großvater, vermute ich, sofern er überhaupt solche Gedanken gefasst hat."

Gabriel war sichtlich fasziniert von Angeliques Offenheit, insbesondere aber von ihren Gedanken.

„Vorweg möchte ich dir was mir sehr Wichtiges sagen. Ich habe noch nie jemanden getroffen, der mit mir über dieses Thema im angemessenen Umfang sprach. Die meisten Gespräche mit gleichaltrigen endeten im Nichts, wenn ich mein derzeitiges Wissen über diesen Gedankengang auf zehn erreichbare Stufen setze, dann kamen diese Gespräche maximal auf Stufe sechs, was zwar weit und relativ tiefgründig ist, mir aber zu wenig war. Bei dir merke ich, dass dieser Gedanke schon sehr ausgeprägt ist. Einst gesät, wachst dieser unaufhaltsam und bildet sich fort.

Nun ich habe mir sehr wohl viele Gedanken dazu gemacht. Ich kann dir nicht sagen warum, denn ich weiß es selbst nicht. Vielleicht wäre es aber auch schöner gewesen, wenn dieser Gedanke in mir nie aufgekommen wäre, doch würde ich ohne ihn ein mögliches Nirwana wohl nie erreichen, wenn es dies überhaupt gibt. Trotzdem machten meine Gesprächspartner in der Regel einen glücklicheren Eindruck als ich, obwohl ich das Gefühl habe, über ein überlegendes Herrschaftswissen diesbezüglich zu verfügen.

Mit dem zuvor erwähnten Nirwana meine ich nicht den allen bekannten buddhistischen Inhalt, also den Kreislauf des Leidens und der Wiedergeburten, sondern ich meine eine Vollkommenheit, die mich mit einem kosmischen Gedanken und dass Verständnis für das Unendliche zu Lebzeiten vollkommen macht, was dem buddhistischen schon sehr nahe steht. Mit dem Unendlichen meine ich nicht ein unendliches Leben, das Paradies oder sonstiges infantiles geistiges Gebilde, mit dem Heuchler für ihren Glauben werben, nein! Damit meine ich die Erleuchtung, das Allwissen, jedoch nur zu Lebzeiten, über das, was folgt, kann ich nur spekulieren. Ein Verständnis für alles, jedoch überwiegend für das Unendliche. Mit dem Wort kosmisch erwähne ich hier nicht irgendein Fantasiebegriff, sondern meine hiermit das Allgegenwärtige, andere nennen es auch Gott. Kosmischer Gedanke ist nur eine Metapher für die Unendlichkeit, eine Unendlichkeit, die wir uns selbst im Bezug auf den Kosmos nicht vorstellen können, also folglich ein unendlicher Gedanke.

Wie der Mensch schon vor vielen tausend Jahren schrieb, hält er sich für ein Abbild Gottes, damit lag er nicht so verkehrt, da wir im Vergleich zu anderen Lebewesen über enorme Fähigkeiten verfügen, mitunter auch das Unterdrücken von Trieben oder Instinkten, welche anderen Lebewesen häufig zum Verhängnis wird, leider auch manchmal einigen Menschen.

Wir sind in der Lage zu hinterfragen, das unterscheidet uns drastisch von anderen Lebewesen. Das Problem, das sich daraus ergibt, ist, dass es auch Menschen gibt, die sich ihrer Fähigkeiten nicht bewusst und somit ihren Trieben unterlegen sind. Damit werden sie selbst wieder zu Tieren. Menschen setzen sich zunehmend nicht mehr mit sich selbst auseinander, sie finden sich mit ihrer Existenz nur ab, mehr auch nicht. Das ist nämlich die Tragödie der Neuzeit.

Einige Menschen haben sich diesem zuvor erwähnten Gedankenexperiment gewidmet und dieses auch niedergeschrieben, jedoch sind die meisten neuzeitlichen in Verbindung mit einer tragischen Liebesgeschichte, die mit einem Suizid endet. Goethe hat einmal in seinem Werk „Die Leiden des jungen Werther" einen schönen Gedanken an den Tag gelegt, nämlich die Formulierung, dass unser aller Leben nur ein Traum sein könnte. Ein Traum, ich habe auch schon mit den Gedanken gespielt, dass unser Leben ein kosmischer Traum sein könnte, doch wie ließe sich dieser erklären? Allein die Vorstellung, dass der Kosmos sowohl in seiner geistigen als auch realen Existenz unendlich sein könnte, bringt unsere Vorstellungsmöglichkeit nur zu schnell an ihre Grenzen. Möglicherweise ist dieser kosmische Traum aber endlich und wird somit irgendwann zu Ende geträumt.

Im Großen und Ganzen gilt es nämlich diese eine geistige Hürde zu überwinden, nur so gelangt man an die Vollkommenheit. Es klingt einfach, doch ist dies wohl dem lebenden Menschen verwehrt.

Das reale Leben ist begrenzt also nicht unendlich, dass irreale Leben scheint dagegen unendlich zu sein, und zwar in einer Form, die für uns unerklärlich scheint, welche wir wahrscheinlich auch nicht wahrnehmen können.

Doch wie sieht es mit der menschlichen Wahrnehmung aus, wenn wir sterben, stirbt diese auch? Wenn nicht, wollen wir dann überhaupt unendlich sein? Wenn ja, was bedeutet es überhaupt, unendlich zu sein? Hat die Zeit überhaupt ein Ende? Wenn ja, was kommt danach? Das sind Fragen, die ich mir schon seit vielen Jahren stelle.

In uns Menschen herrscht mehr als nur die biologische Komponente, die durch elektrochemische Stöße angetrieben wird, doch wir empfinden Dinge wie Liebe, die sich naturwissenschaftlich wiederum nicht erklären lassen. Damit meine ich nicht die Gefühle an sich, sondern wo diese herkommen. Möglicherweise sind diese elektrochemischen Impulse der Antrieb für unsere Wahrnehmung, vielleicht existiert sie, die Seele, aber auch ohne diese Impulse. Es ist aber auch möglich, dass eine Seele nur wegen dieser Impulse existieren kann.

Doch unsere Schale ist vergänglich und empfindlich, womit ich wieder am Anfang stehe. Doch was auf dieser Welt ist unendlich? Ich weiß es nicht. Jeder sollte die Realität als Chance sehen, seinen Geist auf etwas Höheres vorzubereiten. Ich spreche hier nicht unbedingt von Bildung im klassischen Sinn, ich meine damit eher seinen Geist mit bestimmten Gedanken zu konfrontieren. Sein Leben, die womöglich einzige bewusste Zeit, die uns zusteht, bewusst und intensiv zu führen. Denn die Unendlichkeit könnte als durchaus unbewusste Zeit existieren. Das heißt, wir würden diese nicht mehr wahrnehmen.

Bildung kann dies selbstverständlich um einiges vereinfachen, ist jedoch nicht zwingend erforderlich, zumal es viele Menschen gibt, die nicht über den Tellerrand hinaus schauen können, sofern der Geist in der Lage ist, sich über bestimmte Grenzen hinwegzusetzen. Wenn ich nämlich ein bestimmtes Wort, wie z. B. Haus, so häufig wiederhole, bis es keinen Sinn ergibt, sondern einfach nur einen Laut, könnte das eventuell ein Beweis dafür sein, dass Sprache nur in der realen Welt existiert, jedoch darüber hinaus keine Bedeutung hat. Dieses Spielchen kenne ich wie jeder andere aus seiner Kindheit. In unserer Welt ist Kommunikation unentbehrlich, doch muss es auch eine andere Ebene der Kommunikation geben, eine Form, bei der die Worte keine Rolle spielen.

Vielleicht klingt dies wie ein Märchen, doch wenn man sich einmal intensiv mit diesem Gedanken auseinandergesetzt hat, wird man schnell merken, dass es möglicherweise eine weitere Ebene geben muss. Mit dieser Art von Denkansätzen kommt man womöglich der Vollkommenheit immer näher, jeder könnte seinen Geist auf das Nirwana, dass ich vorhin nach meinem Verständnis beschrieben habe, vorbereiten. Ziel kann es jedoch nur sein, dieses auch zu Lebzeiten zu erreichen, da es keine Anhaltspunkte dafür gibt, was uns hiernach erwartet.

Ein geistig unmotivierter Mensch wird ein solches Ziel niemals erreichen, solange er ein geistig lebloses Leben führt, doch dies ist nun mal die Unmündigkeit, von der ich am Anfang gesprochen habe. Viele verstehen nicht, dass es gar nicht Ziel sein kann, sich so viele materielle Güter wie möglich anzuschaffen, denn diese kann man nicht mitnehmen und nutzen kann man Sie zu Lebzeiten auch nicht alle auf einmal. Mitnehmen an Orte, in denen man vollständig in sich gekehrt ist. Ich bin aber überzeugt davon, dass geistige Güter in dieser Hinsicht einen höheren Stellenwert haben, dazu muss ich aber betonen, dass ich nicht unbedingt Bildung im klassischen Sinne meine. Geistiger Güter sind aber auch die Waffen der Überlegenheit.

Ich vertrete auch nicht das christliche Sinnbild vom guten Menschen, dessen gute Taten ihn am Ende als Bilanz vorgelegt werden, um ihm dann Einlass in das Himmelsreich zu gewähren. Jeder muss für sich selbst bestimmen, was gut oder böse ist und darauf achten, dass es dabei die

Sphäre anderer Menschen nicht verletzt. Selbst in allen Weltreligionen sind viele philosophische Denkansätze vorhanden, die uns einige Denkarbeit erspart. Dies ist auch der Beweis dafür, dass andere Menschen sich schon vor tausenden von Jahren mit diesen Fragen auseinandergesetzt haben. Nicht umsonst ist der Mensch an sich ein soziales Wesen und auf die Gesellschaft anderer Menschen angewiesen."

Das Gespräch zwischen den beiden wurde immer tiefgründiger, sie verfielen in ihre Gedanken und stimmten sich gegenseitig zu. Gabriel trank immer mehr Wein und die Stimmung wurde immer ausgelassener. Plötzlich stand Angelique aus dem Sessel auf und setzte sich zu Gabriel auf sein Bett. Sie nahm seine Hand und drückte sie sehr zärtlich. Ihre Wärme hatte Gabriel sehr zugesagt.

„Gabriel, du bist etwas ganz Besonderes für mich. Ich kenne dich erst sehr kurz, aber so einem Menschen wie dir, bin ich noch nie begegnet. Meine Gefühle für dich lassen sich kaum noch unterdrücken. Deine Ansichten stimmen mit meinen voll und ganz überein. Ich hätte nie gedacht, dass mir eine Person, die ich erst sehr kurz kenne, so vertraut sein könnte."

Gabriel fehlten die Worte. Er hat keinen einzigen Ton zu Stande bekommen. Als er jedoch alle Kraft zusammen nahm um etwas zu sagen, küsste ihn Angelique auf eine Weise, die ihn zum Schweigen brachte.

Sie streichelte seine Oberschenkel und küsste ihn immer zärtlicher. Sie nahm seine Hand und legte diese auf ihre Oberschenkel und führte diese auf und ab, bis Gabriel verstand, dass er sie streicheln sollte. Er war ihr völlig ergeben.

Beide wurden immer leidenschaftlicher, sie küssten sich unaufhörlich. Gabriel wurde sehr warm, diese Leidenschaft und die Gefühle, die er für Angelique entwickelt hatte, erregten ihn sehr. Er war völlig in Ekstase und war auch voller Glücksgefühle.

Nun führte Angelique seine Hand unter ihre Bluse und streichelte so lange mit seiner Hand an ihren nackten Busen, bis Gabriel anfing, ihn selbstständig zu streicheln. Dies erregte Gabriel umso mehr.

Gabriel war völlig in Ekstase, diese Form der Leidenschaft hatte er zuvor nie erlebt. Eine solche Offensive einer Frau war ihm nicht bekannt. Er hätte es niemals für möglich gehalten, dass gerade er einmal auf eine solche Frau trifft.

Nach einigen Minuten fing Angelique an seine Hose zu öffnen, dies tat sie nach und nach, indem sie anfing, ihn darunter zu streicheln. Gabriels Erregung war nun auf dem Höhepunkt. Er fing immer schwerer an zu atmen.

Auch er fing jetzt an Angelique langsam unter ihrem Rock zu streicheln. Er tat dies sehr zärtlich, bis er langsam von den Oberschenkeln abwich und langsam mit seinen Fingern in sie eindrang. Angelique fing an schwer zu atmen, aber auch Gabriel, als Angelique ihn packte und ihre Handbewegung schneller wurde. So ging es Minuten lang. Beide waren sich total verfallen.

Plötzlich schrie Angelique drei Mal laut und lange auf und konnte sich kaum beruhigen, Sie atmete schwer. Just in diesem Moment schrie auch Gabriel auf, es war waren tausende von Glücksgefühlen, die Gabriel umgaben.

Sie schauten sich tief in die Augen, sie waren sich so vertraut. Er nahm sie in seine Arme und schlief ein.

Als er aufwachte, war es schon früher morgen. Angelique lag nicht mehr neben ihm. Sie war weg.

„Angelique! Wo bist du nur hin? Angelique! Bist du hier noch irgendwo?

Hoffentlich ist sie nicht böse, dass ich eingeschlafen bin. Das war nicht meine Absicht. Es ist unglaublich, was gestern Abend passiert ist. Ich kann es kaum fassen, sie war hier und wir waren intim. Das war auch gar nicht meine Absicht. Meine Güte, das Gespräch mit ihr war unglaublich. Wir haben uns den ganzen Abend bis tief in die Nacht unterhalten und sie hat mich verstanden. Ich habe das Gefühl, dass sie sogar wie ich denkt. Endlich habe ich jemanden der gleichgesinnt ist, gefunden.

Eine Person wie sie und dass in meinem Umfeld. Wie konnte ich nur daran glauben, dass ich nie jemanden finden würde. Ich muss sie unbedingt wiedersehen. Wie kann ich sie nur finden? Ich muss sie aber finden."

Kapitel 11. Suche

Nachdem sich Gabriel salonfähig machte, beschloss er nun, Angelique zu suchen. Er machte sich viele Gedanken dazu, wie er dies anstellen sollte. Wieder waren so viele Eindrücke durch seinen Kopf gewandert, dass er einfach nicht wusste, wo er anfangen sollte. Erst nachdem er an seinem Park vorbeiging, fiel ihm wieder ein, dass Angelique eine Bekannte Magrits war. So beschloss er sich auf den Weg zu Magrits Wohnung zu machen und nach Angelique zu fragen.

Angekommen, klopfte er gleich sehr aufgeregt an ihre Tür. Schnell lies er die Ereignisse Revue passieren.

„Wie wird Magrit das wohl auffassen, dass ich nach Angelique frage? Sie hat doch bestimmt schon mit ihr gesprochen. Selbst wenn nicht, Magrit kann sich bestimmt ihren Teil denken, insbesondere nach ihrer Geburtstagsfeier."

Gabriel klopfte mehrfach, doch die Tür blieb verschlossen. Er schaute nun in das Fenster neben der Tür. Die Wohnung schien tot, Leben war nicht in Sicht. Er klopfte nun an die Scheibe und schrie. Dies tat er einige Minuten lang. Dann schrie er lauter.

„Magrit! Magrit! Mach bitte auf! Es ist sehr wichtig. Magrit! Bist du zuhause?"

Plötzlich erschien aus dem Eingang neben Magrit ein großer stämmiger Mann, der nur in einem Schlafgewand bekleidet war. Dieser machte einen sehr bösartigen Eindruck, sein Gesicht schien voller Wut zu sein.

„Junge, hör auf zu schreien. Du weckst die Kinder. Hau ab."

Gabriel hatte großen Respekt vor dieser furchteinflößenden Gestalt, doch wollte er unbedingt Magrit finden. Dann beschloss er den Mann zu fragen.

„Entschuldigen Sie bitte, das hatte ich nicht vor. Es tut mir wirklich sehr leid. Wissen Sie vielleicht, wo ich Magrit finden kann?"

„Was weiß ich, wo die steckt. Hau ab, sonst verliere ich noch die Beherrschung."

Gabriel musste nicht lange nachdenken, um dieser Forderung Folge zu leisten. Er beschloss den Ort schnell zu verlassen, bevor der kräftige Herr seine Beherrschung verlieren würde.

Gabriel wusste nicht wo er jetzt hingehen sollte. Es war schon ungewöhnlich, dass er Magrit nicht auffinden konnte, da diese eigentlich viel Zeit zuhause verbrachte.

Nach langem Nachdenken kam Gabriel auf die Idee, Magrit bei ihren Eltern auf dem Landsitz aufzusuchen. Kaum war dieser Gedanke gefasst, lief Gabriel auch schon direkt los. Dabei nahm er einen sehr langen Weg auf sich.

Erst Stunden später erreichte er das Haus. Ihm blieb leider keine andere Möglichkeit, als den Fußweg anzutreten. Ein Verkehrsmittel stand ihm nicht zur Verfügung.

Bevor er jedoch das Grundstück betrat, versuchte er sich zu beruhigen. Er was nass und schwitzte weiter. So wollte er auf keinen Fall vor der Tür stehen, zumal er Magrits Eltern gut kannte und diese immer auf ein adrettes Auftreten Wert legten. Minuten vergingen bis Gabriel sich fasste und versuchte, frisch auszusehen, bis er letztlich an die Tür ging und klopfte. Magrits Vater öffnete nach nur wenigen Augenblicken die Tür.

„Gabriel. Guten Tag. Du hier? Das ist wirklich mal eine Überraschung. Wie bist du hierher gekommen? Wie können wir dir helfen?"

„Guten Tag, ich bin auf der Suche nach Magrit. In ihrer Wohnung war sie nicht aufzufinden. Es ist wirklich wichtig."

„Tut mir Leid Gabriel, aber Magrit ist verreist, sie ist nicht in der Stadt und auch nicht hier. Kann ich dir irgendwie weiterhelfen."

„Das können Sie vielleicht. Ich bin auf der Suche Angelique. Sie studiert zusammen mit Magrit. Es ist wirklich wichtig."

Nun merkte Gabriel, dass er in seiner Eile in eine unangenehme Situation geraten könnte. Schließlich kann Magrits Vater sich schon ausmalen, warum ein junger Mann einen solchen Fußweg auf sich nimmt, um eine Frau zu finden. Doch Gabriel fing schnell an zu improvisieren.

„Es ... es geht um ein Buch, dass sich Angelique von mir geborgt hat. Ich brauche es unbedingt für mein Studium. Ich habe es völlig verpasst darüber nachzudenken, dass ich es in nächster Zeit benötigen werde und so schnell bekomme ich keine Ausgabe mehr."

Gabriel hoffte, dass Magrits Vater diese Geschichte glauben würde. Gabriel ist in der Eile einfach nichts Besseres eingefallen. Bei weiterem Nachdenken ist ihm jedoch bewusst geworden, wie geschickt er diese gewählt hatte und dass diese nicht so ungewöhnlich klang.

„Es tut mir Leid Gabriel, aber aus Magrits Studium kenne ich kaum jemanden und schon gar nicht beim Namen. Leider ist der Name Angelique kein Begriff für mich. Ich würde dir gerne weiterhelfen, doch hier bin ich mit meinem Latein am Ende. Du wirst wohl warten müssen, bis Magrit wieder hier ist. Das wird übermorgen sein. Mach dir also keine Sorgen, du bekommst dein Buch schon rechtzeitig zurück. Ich werde ihr direkt nach ihrer Ankunft berichten, dass du hier warst und in welcher Angelegenheit."

Gabriel war beruhigt zu hören, dass Magrit bald wieder heim sein würde. Er hoffte, dass auch Magrit die Geschichte mit dem Buch glauben würde. Selbst wenn, hoffte er, dass Angelique sofort verstehen würde, worum es sich handelt, wenn sie von Magrit angesprochen wird. Diese Klugheit unterstellte Gabriel ihr jedoch schon.

Er verabschiedete sich von Magrits Vater und trat langsam seinen Heimweg an. So verlies er das große Grundstück und bereitete sich mental auf einen langen Marsch vor.

Kapitel 12. Heimweg

Als Gabriel nun schon einige Stunden über das Land lief, fing es an fürchterlich zu regnen. Völlig durchnässt, erreichte Gabriel eine im Feld stehende Baracke. Er stellte sich unter, um den Regen abzuwarten. Er machte sich ein Bild von der Umgebung, merkte wie schön das Land war, auch wenn es regnet. Einen Schauer wie diesen hatte er noch nie so empfunden. Er war völlig auf sich allein gestellt, weit und breit war niemand zu sehen. Wieder verteilten sich die angenehmen Gerüche der Natur, die Gabriel so gerne mochte. Feuchter Rasen und feuchte Erde waren Gerüche, die er besonders gerne wahrnahm. Wassertropfen glitten durch sein Gesicht, doch auch dies störte Gabriel nicht. Im Gegenteil, für ihn gehörte so etwas zu einem Unwetter dazu.

„Es ist schon interessant, wie stark der Unterschied ist, wenn man den Regen durch die Fensterscheibe anschaut und nicht mittendrin steht. Ich hätte nie gedacht, dass es angenehm sein könnte, die Gerüche eines Unwetters wahrzunehmen.

Ich bin ganz allein, aber ich fühle mich gut. Mir ist nicht kalt und der Regen hat eine relativ angenehme Temperatur. Es ist erstaunlich, dass mich diese Situation nicht stört. Im Gegenteil, so kann mich niemand stören.

So schlecht kann ein Leben auf dem Land nicht sein. Ich sehe hier noch nicht einmal Fahrzeuge. Diese Einsamkeit wäre mir ebenfalls sehr bekömmlich."

Dabei schaute er weit über die Wiese und ging noch weiter in sich.

„Selbst die Tiere scheinen einen zufriedenen Eindruck zu machen. Ich habe noch nie auf dem Land gelebt, es kann auch sein, dass der Schein trügt und dieses Leben sehr langweilig ist. Ich kann aber verstehen, dass viele Menschen so ihren Herbst verbringen wollen.

Ich muss Angelique finden. Es ist unglaublich, dass ich nach so kurzer Zeit solche Gefühle für einen anderen Menschen entwickeln konnte. Sie ist so klug, so gebildet und intelligent, aber auch sehr geheimnisvoll. Sie ist der ideale Gesprächspartner für mich. Ich muss mich zurückhalten, aber ich glaube, dass sich Liebe so anfühlen muss. Sie ist aber auch mit mehr Schmerzen als gewöhnlich verbunden. Diese Form der Schmerzen kannte ich zuvor nicht. Es sind Sorgen, Sorgen die mich zweifeln lassen. Mag sie mich wirklich und wie empfindet sie für mich?

Diese Sorgen zerreißen mich ein wenig. Kaum ist sie weg, schon fühle ich mich schlecht. Oder hat sie einen anderen Partner und möchte deshalb nicht, dass ich sie aufsuche. Das wäre fürchterlich, das würde mein Herz sterben lassen. Ich muss sie finden, ich brauche Klarheit. Diesmal achte ich darauf, dass sie mich nicht überlistet und plötzlich verschwindet. Ich muss ihr meine Gefühle offenbaren, sie muss wissen, wie es um sie steht.

Ich habe Angst, dass sie überfordert sein könnte, dass ihr alles zu schnell geht. Genau, vielleicht geht ihr alles zu schnell und deshalb weicht sie immer aus. Aber warum redet sie dann nicht mit mir darüber? Sie kann mir doch alles sagen. Oder vertraut sie mir nicht? Aber nach allen Gesprächen und dem letzten Abend, muss sie mir doch vertrauen. Ich würde ihr mittlerweile mein Vertrauen schenken. Das muss sie doch gemerkt haben.

Magrit kommt erst in zwei Tagen wieder, in diesen zwei Tagen werde ich vor Einsamkeit Höllenqualen erleiden. Was ist, wenn Magrit gar nicht weiß, wo Angelique wohnt?"

So stellte sich Gabriel immer mehr Fragen und steigerte sich immer mehr in diese hinein. Er merkte nicht, dass er, der frisch verliebte, sich damit völlig verrückt machte. Die Umstände machten Gabriel sehr zu schaffen. Noch vor einigen Tagen hätte er niemals gedacht, dass er sich einige Tage später in solch einer Situation wieder finden würde. Diese Einsamkeit bekam Gabriel nicht, er aß kaum und trank wenig, dass sein Körper so leiden könnte, war ihm bis dahin kaum bekannt. Vorher gab es auch keinen Anlass für solche Aussetzer.

Nun fragte er sich, ob die Liebe wirklich nur positive Seiten hatte oder mehr negative Fassetten, die nach und nach in Erscheinung treten würden. Das erste Mal sah sich Gabriel mit einer Situation konfrontiert, die ihm so fremd und zugleich unheimlich war. Er zweifelte nun plötzlich daran, dass die Liebe etwas Gutes sei. Derzeit durchlebte er Qualen, von den schönen Momenten hatte Gabriel bis jetzt zu wenig. Er verstand nicht, dass seine Gefühle zurzeit verrückt spielten, dass diese sich auch einmal ändern könnten.

So stand der sonst immer so nachdenkliche Gabriel regungslos in einer Baracke und schaute in die Gegend.

Der Regen zog nach einer Stunde ab und langsam lösten sich die Wolken, sodass am Horizont zu sehen war, wie sich einige Sonnenstrahlen ihre Wegrichtung zur Erde bahnten. So trat er wieder seinen Heimweg an. Unterwegs kam er an einem Pferdegehege vorbei und beobachtete die Pferde, da diese ihm auf dem Hinweg nicht aufgefallen waren. Er blieb kurz stehen und schaute sie sich an. Sie erinnerten ihn an seine Kindheit. Sein Vater nahm ihn früher mit zu Pferderennen, dies war seine Leidenschaft. Gabriel war ebenfalls von diesen schönen und kräftigen Tieren begeistert. Am meisten faszinierte es

Gabriel als die Pferde kurz vor der Zielgerade an ihm vorbei galoppierten. In diesem Moment gab es immer ein kleines Beben, dass Gabriel am meisten beeindruckte. Dieses Beben zeugte von der Kraft, die hinter dem Reitsport stand. Wenn die Hufen in den Sand stapften und der Sand aufgewühlt durch die Luft flog, dann war Gabriel auf dem Höhepunkt seiner Begeisterung.

So einen Moment wie jetzt, hatte Gabriel lange nicht mehr. Es war schon Ewigkeiten her, dass er überhaupt einmal an seine Kindheit dachte. Ständig sah er sich dazu genötigt über den Tod und das alles damit Zusammenhängende nachzudenken.

Nachdem er einen Moment innegehalten hatte, ging er weiter und merkte, dass er sich verlaufen hatte. Die Gegend war ihm fremd, er konnte sich nicht erklären, wie ihm das passiert sein konnte.

„Oh nein, als ich die Baracke verließ, hätte ich den linken Waldweg nehmen sollen. So weit werde ich aber nicht entfernt sein. Einen kleinen Umweg muss ich wohl in Kauf nehmen. Das kann doch alles nicht wahr sein. Wie konnte das nur passieren! "

Tatsächlich hatte Gabriel sich verlaufen. Er war so neben sich, dass er die falsche Richtung eingeschlagen hatte. So etwas passierte Gabriel eigentlich nie, doch hatten ihm seine gemischten Gefühle einen falschen Weg gewiesen.

Nach wenigen Minuten erreichte er eine kleine Gemeinde, die ihm nur von Namen her bekannt war. Den Häusern konnte er schon ansehen, dass diese Gemeinde über einen Wohlstand verfügte, der für die meisten Menschen undenkbar wäre.

Als er die Gemeinde fast vollständig durchquerte, bemerkte er ein sehr schönes und großes Anwesen. Ein Haus, das einem kleinen Schloss glich, jedoch sehr modern wirkte, dass auf einen Hügel stand. Vom Grundstück konnte er nicht viel sehen, da dies von einer ziemlich hohen Mauer verdeckt wurde. Das Haus konnte er auch nur von der Ferne erkennen, da, umso näher er kam, dieses von der Mauer mehr und mehr verdeckt wurde.

Gabriel war beeindruckt und wollte sich dieses einmal näher ansehen.

„Was für Menschen mögen dort wohl leben? Wie kann ein Mensch sich solch ein Anwesen leisten. Allein dieses schafft dutzende von Arbeitsplätzen."

Gabriel näherte sich dem Eingang. Er bemerkte, dass das Tor nur angelehnt und nicht vollständig verschlossen war. Durch die Gitter des Tores konnte er das Haus besser sehen. Es stand mindestens hundert Meter vom Eingangstor entfernt. Die Gartenanlage glich einem Park mit den verschiedensten Baumarten. Wege, Bänke, sogar Tiere wie Enten und Hasen konnte Gabriel dort sehen.

Dann fiel im erst auf, was auf dem goldenen Schild neben dem Eingangstor stand. Es war der Name La Fleur. Dies traf Gabriel wie ein Blitz. Er konnte es nicht glauben, durch puren Zufall fand er das Haus der La Fleurs. Er ging stark davon aus, dass er Angelique genau hier finden würde.

Der Portier war nicht in der kleinen Hütte neben dem Eingang aufzufinden. Gabriel wartete sehr lange, aber er war nicht in Sicht. Da das Eingangstor nur angelehnt war, beschloss er kurzerhand, sich Einlass zu gewähren.

Er ging ganz langsam in Richtung Haus, dann bemerkte er einen Mann, der auf den Knien versuchte, etwas auszugraben. Kurz bevor er neben ihm stand, erkannte Gabriel, dass es sich wohl um den Gärtner handeln müsste, da dieser im Beet völlig in seine Arbeit vertieft war. Gabriel näherte sich ihm, mit der Absicht, diesen nach Angelique zu fragen. Unterwegs sammelte Gabriel noch einen Spaten ein, der ihm im Weg lag. Dieser war fast unsichtbar, weshalb er ihn aufhob, damit niemand darüber stolpern konnte. Mit dem Spaten in der Hand, nass und ein wenig schmutzig erreichte er nun den Gärtner, der völlig vertieft in seine Arbeit im Beet hockte und nichts anderes wahrnahm. Gabriel klopfte ihm mit der linken Hand auf die Schulter, während er in der rechten den Spaten hielt.

Plötzlich schrie der Gärtner laut auf, als hätte dieser einen Geist gesehen. Bevor Gabriel dieses Missverständnis aufklären konnte, schrie der Gärtner in Richtung eines anderen gerade auftauchenden Mannes, voller Angst und ohrenbetäubend laut. „Einbrecher, Einbrecher, Egon hohl die Hunde, der will mich mit dem Spaten erschlagen! Egon hohl die Hunde … ruf die Polizei! Einbrecher! Einbrecher!"

Gabriel bekam keinen Ton heraus, er wusste nicht, wie diese Begegnung so ausarten konnte. Er sah den anderen Mann auf ihn zu rennen, dieser hielt ein Eisenrohr in der Hand. Es war ein kräftiger, großer, glatzköpfiger und wütend aussehender Mann. Er sah aus wie ein wild gewordener Portier. Gabriel vermutete, dass dieser seinen Platz kurz verlassen hatte und dabei das Tor vergessen hatte richtig zu schließen. Er dachte nicht lange nach und drehte sich um, er lief so schnell er konnte Richtung Eingangstor, erst dort lies er den Spaten fallen, den er vor Angst mit seinen Fingern fest umklammert hatte. Als er dieses erreichte, drehte er sich erst um. Hinter ihm war immer noch der große Glatzkopf mit dem Rohr, also lief Gabriel weiter und weiter, bis er diesen nicht mehr hinter sich sah.

Völlig außer Atem und nach minutenlangem Laufen merkte Gabriel, dass er seinen Verfolger abgehängt hatte.

„Das kann doch nicht sein, wie konnte ich diese Situation so entgleiten lassen. Jetzt kann ich mich nicht mehr bei La Fleur blicken lassen, ohne verhaftet zu werden. Die halten mich doch für einen Einbrecher. Die werden mir bestimmt nicht sagen, wo ich Angelique finden werde. Die vermuten bestimmt, dass ich sie entführen werde oder Ähnliches.

Ich werde noch wahnsinnig, wenn das so weitergeht. Diese Menschen werden mich bestimmt nicht mehr auf das Grundstück lassen, selbst wenn ich versuche, alles zu erklären. Wie soll ich sie finden, jetzt stand ich schon vor dem Haus, dass mir die Frage beantworten könnte, und habe es komplett verspielt. Ich hoffe, diesen Umstand bei Zeiten aufklären zu können, nur hilft mir das jetzt nicht weiter."

Frustriert und sauer, lief Gabriel die letzte Stunde, bis er vor seiner Haustür stand. Er war sauer auf sich selbst, dass er das Grundstück ohne Aufforderung betrat. Er wusste genau, dass diese Menschen Angst vor Eindringlingen hatten und deshalb sehr empfindlich auf Fremde reagieren würden. Auch der Spaten, den er in der Hand hielt, als er den Gärtner berührte, ging ihn durch den Kopf. Er dachte sich, dass der Mann Todesangst gehabt haben musste, da er auch noch so klein und schmächtig war, im Vergleich zu Gabriel sogar die Größe eines Kindes hatte. Gabriel war froh, dass es Egon, der wohl offensichtlich der Portier war, nicht geschafft hatte, die Hunde loszulassen, das hätte ihm noch gefehlt. Er malte sich in seinen Gedanken schon bellende und kräftige Dobermänner aus.

Langsam fing Gabriel an, über diese völlig absurde Situation zu lachen. Er stellte sich vor, wie es für einen Dritten ausgesehen haben muss. Im Kopf spielte er dazu noch die Walküre von Richard Wagner ein. Nun war es perfekt, das komplette Fiasko. Alles voll mit Missverständnissen, die er nie hätte aufklären können, zumindest nicht in der gebotenen Situation. Für den Moment nützte ihm das aber nichts. Eine Komödie, die wohl nur für Gabriel bestimmt war und niemand daran Anteil nehmen sollte.

Die Situation lenkte Gabriel von seinen ursprünglichen Gedanken ein wenig ab. Er ging zurück in seine Wohnung und setzte sich in den Sessel, um sich einfach zu beruhigen. Dann stand er auf und beschloss, sich in sein Bett zu legen. Schlaf hielt er für das, was er nun wirklich brauchte.

Kapitel 13. Wirtschaft

Gabriel wachte am nächsten Morgen auf und dachte daran, dass nur noch ein Tag verstreichen musste, bis er Magrit treffen konnte. So machte er es sich im seinem Zimmer gemütlich und erfreute sich an dem Gedanken, dass er bald herausfinden würde, wo Angelique zu finden sei.

Nach kurzer Zeit beschloss er, seine Wohnung zu verlassen und sich etwas zu Essen zu besorgen. Er suchte einen Bäckermeister auf, bei dem er gerne schon am Vormittag vom Kuchen naschte. Alles erschien Gabriel so schön, er war total entspannt und mit positiver Energie geladen. Irgendwie machte die gesamte Welt einen völlig anderen Eindruck auf Gabriel, als er es gewohnt war.

„Morgen werde ich herausfinden, wo ich sie finden kann. Morgen werde ich sie sogar vielleicht schon finden! Endlich hat das elende Warten ein Ende. Ich will nicht mehr warten, nur die Vorfreude hält mich zusammen.

Verflucht, ich habe vergessen, Magrits Vater zu fragen, wann sie wiederkommt und vor allem wo sie ankommt. Fährt sie zu ihren Eltern oder zu sich? Ich kann doch nicht wieder diesen gewaltigen Marsch auf mich nehmen. Vor allem muss ich aufpassen, dass ich dann nicht an La Fleurs Anwesen vorbeikomme, damit mich Egon erschlagen kann. Was ist, wenn Angelique wirklich in diesem Haus lebt? Dann habe ich ein Problem, mich wird dort nach dem gestrigen Tag niemand mehr tolerieren, Egon wird mich erschlagen und der Gärtner vergraben."

Die gute Stimmung sank stark ab, als Gabriel diesen Gedanken fasste.

„Daran habe ich gar nicht gedacht. Die gestrige Komödie verwandelt sich nun in eine Tragödie. Warum ist mir dieses Missgeschick gerade in diesem Garten passiert, ohne dass ich böse Absichten hatte. Wie soll ich dieses Missverständnis jemals aufklären und beseitigen können? Wie soll ich das alles anstellen? Mein Herz schreit nach ihr und dieser Schrei verstummt in meinem Körper."

So machte sich Gabriel seine Gedanken, nachdem er den gestrigen Schock langsam anfing zu verdauen. Er merkte, wie unglücklich sich die Umstände für ihn fügten, und wusste nicht, wie er damit umgehen sollte. Er wollte Magrit so schnell wie möglich finden, jedoch waren ihm die Hände gebunden und er musste ihre Ankunft abwarten.

Die Zeit verging viel zu langsam, Minuten schienen Jahre zu dauern. Es entwickelte sich in ihm ein grausames Zeitgefühl, welches ihm sehr zu schaffen machte.

Keiner seiner Bekannten war anzutreffen, dabei hoffte Gabriel gerade sehr auf Gesellschaft. Er wollte nicht alleine warten, er wollte mit jemandem sprechen, doch blieb jede Tür, an die er klopfte, verschlossen. Nach Hause wollte er diesmal nicht, er wollte nicht alleine im Sessel sitzen und in Selbstmitleid versinken. Dies war eine der Situationen in seinem Leben, in denen er sich nicht selbst helfen konnte. Ihm fielen keine klugen Zitate ein, welche ihm diese Situation erträglicher machen konnten.

„Was mache ich jetzt, noch nicht einmal Michael ist zuhause. Ich fühle mich so verlassen. Ich muss unbedingt mit jemandem, der mir vertraut ist, sprechen. Es sind so viele Dinge geschehen. Diese Dinge kann ich nicht einfach in mir vergraben. Ich muss unbedingt darüber reden.

Das kann doch einfach nicht wahr sein, wieso gibt es den gerade jetzt niemanden in meinem Umfeld.

Angelique ich brauche dich, ich will dich."

Immer mehr geriet Gabriel in Verzweiflung. Schließlich entschied er sich einen Ort aufzusuchen, an dem er mehrere verzweifelte Menschen finden würde. Er suchte das alte Wirtshaus in der Innenstadt auf, dort, wo sich um diese Zeit immer einsame Menschen trafen, um ihre Zweifel in Alkohol zu ertränken.

Kaum angekommen, konnte Gabriel durch die Fenster des Wirtshauses die trübe Stimmung erkennen. Diese muffige Atmospäre hatte ihm in seiner Situation sehr zugesagt. Er erhoffte sich, dass er die Zeit durch seine Anwesenheit in dem Wirtshaus und den dort zu Verfügung gestellten Getränken etwas beschleunigen könnte.

Als er eintrat, fielen schon einige düstere Blicke auf ihn. Finstere Gestalten, welche sich in der düsteren Atmosphäre des Rauchs und Alkoholgestanks ohne Zweifel wohlfühlten. Durch sein jugendliches Auftreten und seiner, für einen solchen Ort ungewöhnlichen, Kleidung, fiel er dort direkt negativ auf. Er sah nicht wie einer der stinkenden Stammgäste aus. Er sah vielmehr danach aus, als ob er in das feine Lokal nebenan gehört und nur die Tür verfehlt hatte.

Trotz all dieser Blicke, sammelte Gabriel seinen Mut und ging in Richtung Tresen, an dem ihn schon der Wirt erwartete. Dieser empfing Gabriel allerdings äußerst zynisch.

„Guten Tag der Herr! Hat sich der Herr verirrt? Das Lokal, dass der Herr offensichtlich sucht, befindet sich nebenan. Soll ich den Herren dorthin geleiten?"

Gabriel erkannte die Situation, er merkte, dass er nicht willkommen war, und machte sich bestimmte bekannte Umstände zu eigen. Er wusste genau, dass Typen wie der Wirt nur vor Schlägern und Trunkenbolden Respekt haben.

„Guten Tag Herr Wirt, das ist nicht nötig, denn hier bin ich genau richtig. Nebenan bin ich nicht mehr willkommen. Dies seit dem ich dem Herrn Statthalter das Auge ausgeschlagen habe."

Der Wirt wusste nicht, wie er auf diese Information reagieren sollte. „Er, dieser schmächtige Bursche, soll dem Statthalter das Auge im Lokal nebenan ausgeschlagen haben", fragte sich der Wirt.

So schien es Gabriel angemessen, sie die große Attacke auf den Statthalter, der für Korruption und Vetternwirtschaft bekannt war und der dazu unter dem gemeinen Volk unbeliebt war, anzueignen. Die damaligen Umstände waren so dubios, dass am Ende niemand wusste, wer dafür verantwortlich war und der wahre Täter nicht ermittelt werden konnte, was letztlich zum Freispruch aller Beteiligten geführt hatte. Diese erhielten wiederum lebenslanges Hausverbot in dem Lokal nebenan. Der Statthalter übrigens auch, da dieser aufgrund seiner politischen Handlungen, Ärger förmlich anzog.

Freudig fing der Wirt an zu grinsen, ihm war die Attacke des letzten Jahres durchaus bekannt. Er und sein Gefolge begrüßten die damaligen Umstände und waren froh, dass der Statthalter sein

Fett wegbekommen hatte, weshalb er nun Gabriel herzlich in seinem Wirtshaus empfing.

„So junger Mann, was trinkst du? In meiner Wirtschaft ist jeder willkommen, der sich politisch so sehr mit seinen Fäusten einsetzt."

„Ich trinke Wein, Herr Wirt. Am liebsten einer Chateau Rothschild aus Frankreich, den aus dem Vorjahr. Mit einem Bordeaux würde ich mich aber auch zufriedengeben."

Der Wirt schien amüsiert zu sein, solche Wünsche äußert sonst niemand in seiner Wirtschaft. Außerdem war Wein sowieso ein Fremdwort für diesen.

„Wein und auch noch aus Frankreich, du bist wirklich ein merkwürdiger Kauz. Wein gibt es hier nur von den Bienen aus dieser Gegend und außer Met bekommst du hier nur schankfrisches Bier. Da du jedoch dem Statthalter, diesem dreckigen Hund, das Aug weggehauen hast, bekommst du den ersten Honigwein kostenlos."

So stellte der Wirt einen Holzbecher, der randvoll mit Met gefüllt war, auf den Tresen vor Gabriel, sodass dieser nur noch zulangen musste. Honigwein hatte Gabriel noch nie getrunken, mit dem Wort Met konnte er nichts anfangen, er ging davon aus, dass es sich um einen Scherz handelte, und forderte direkt einen großen Becher an. Dabei verkannte Gabriel, dass dieser

Wein zwar Wein hieß, aber es sich de facto um Schnaps handelte.

Schon nach dem ersten Glas wurde Gabriel warm und munter. Der süße Geschmack bekam ihm gut und das schrie nach mehr, auch wurde durch den hohen Zuckergehalt die wahre Menge an Alkohol geschickt verschleiert. So trank er noch mehr und mehr davon. Dies war ihm auch nicht genug, so beschloss er den Met mit Bier nachzuspülen. Er unterhielt sich mit einigen Leuten aus der Wirtschaft, insbesondere mit dem Wirt. Die Menschen griffen die Geschichte mit dem Statthalter ständig auf und gratulierten im zu diesem gelungenen Schlag. Gabriel konnte sich an seine eigene Lügengeschichte nicht mehr erinnern, war aber froh, dass er so viele neue Bekannte um sich herum hatte.

So ging es viele Stunden lang, bis Gabriel auf dem Tresen einschlief, indem sein schwerer Kopf Halt auf diesem fand. Nach einigen weiteren Stunden, klopfte ihm der Wirt im Morgengrauen auf die Schulter, kassierte ihn ab und schmiss Gabriel aus dem Wirtshaus, da er durch Gabriels Verhalten wohl offensichtlich bemerkte, dass die Geschichte mit dem Statthalter ihre Lücken hatte.

Gabriel blieb nichts anderes übrig, als zu versuchen, seinen Willen, gegen seinen unkontrollierbaren Körper durchzusetzen, indem er Schritt für

Schritt mühsam koordinieren musste. Dies schien ihm mit einem alten Seemannslied wesentlich einfacher.

„What shall we do with a drunken sailor, what shall we do with an drunken sailor early in the morning."

Just in dem Moment, in dem Gabriel das Wort *morning* ausgelallt hatte, fiel er in einen Graben und schlief dort für einige Stunden. Er war durch Zufall in den Teil gefallen, der völlig ausgetrocknet war und anstelle von Wasser Schilf beherbergte, sodass es ihm im Schlaf nicht störte dort zu liegen.

Als er dann aufwachte, merkte er unter höllischen Kopfschmerzen, dass er es am Vorabend völlig übertrieben hatte.

„Wieso liege ich hier? Was ist das für ein Wein gewesen, normalerweise vertrage ich doch genau diese Menge an Wein. So ein billiger Fusel. Ich verdamme den Wirt, dieser Fusel-Alchemist. So etwas kann man Gästen doch nicht anbieten. Unter Wein habe ich doch manchmal Bewusstseinserweiterungen erfahren und unter dem Zeug nur das Gegenteil, wahrscheinlich hat mir dieser das Gehirn ausgebrannt. Dieser Schuft, er macht mich zu einer primitiven Gestalt. Die Menschen besuchen seine Wirtschaft als Mensch und verlassen diese als Primat. Nebenan betreten die Gäste das Lokal als Primat und kommen als Menschen wieder heraus. Wenn der nur wüsste."

Kapitel 14. Der Konflikt

Gabriel kämpfte sich aus dem Graben und begab sich völlig verschmutzt und unter großen Schmerzen auf dem Weg nach Hause, um sich wenigstens in einen passablen und salonfähigen Zustand zu begeben. Unterwegs redete sich Gabriel ständig ein, dass er heute um seine Bewusstseinserweiterung gebracht wurde, indem er anstelle von Wein Met zu sich nahm.

Vor der Tür angekommen, war Gabriel völlig verwundert, dass Michael dort stand und offensichtlich auf ihn wartete.

„Michael! Was machst du den schon so zeitig hier, vor allem, was machst du überhaupt hier, sind wir verabredet?"

Michaels Gesicht schien enttäuschte Züge einzunehmen, sie schienen nicht nur so, denn bei genauer Betrachtung war zu erkennen, dass etwas nicht stimmte.

„Grüße dich Gabriel, ich muss mit dir Reden. Es ist von großer Bedeutung. Können wir reingehen, ich halte die Straße für keinen angemessenen Ort."

Gabriel suchte seinen Schlüssel, den er zum Glück nicht im Graben zurückgelassen hatte. Er schloss die Tür auf und beide begaben sich in seine Wohnung. Michael fing an zu reden.

„Gabriel, ich habe vor einigen Tagen deinen Vater getroffen und auch mit anderen Menschen um dich herum gesprochen, alle machen sich große Sorgen um dich. Du bist die letzten Tage nicht aufzufinden gewesen, redest wirres Zeug und zeigst keinerlei Einsicht.

Wie ich sehe, bist du noch angetrunken, sag mir jetzt bloß nicht wieder, dass dies deiner Bewusstseinserweiterung dient."

Dieser Satz brachte Gabriel zum Glühen, er wurde mit einem Schlag völlig nüchtern und versuchte Michael mit seinen Worten auszupeitschen.

„Du bist nicht der Allgegenwärtige und auch nicht der Allwissende, für den du dich gelegentlich hältst. Du schaust auf mich herab und wagst es mich zu interpretieren, deine Thesen an meiner Person zu messen. An diesem Punkt kann ich deine Worte nicht mehr ertragen. Verzeih mir, aber ich bin durchaus in der Lage, auch dich zu verstehen, zu hören und infrage zu stellen. Du bist aber nicht diese verdammte Stimme der Vernunft.

Ich nutze Alkohol in der Regel nicht, um mein Bewusstsein zu erweitern, dafür nutze ich eher den Schlaf als Rauschmittel. Ich nutze den Alkohol, um dich nicht mehr zu hören, um andere nicht zu hören.

Hast du dich nie gefragt, warum die Menschen überhaupt schlafen, ob dies nicht einem tieferen Zweck dient, als den organischen Körper für eine Weile zur Ruhe zu bringen?

Dies ist sogar die Frage, die sich die Wissenschaft stellt, das müsstest du zumindest wissen. Würde der Schlaf nur der physischen Ruhe des Organismus dienen, würden wir nicht träumen, doch eben dies tun wir, wir träumen.

Unterstelle mir keinen Kontakt zu Drogen zum Zwecke der Bewusstseinserweiterung, diese bewirken eher das Gegenteil. Diese helfen mir jedoch dich zu unterdrücken. Bei diesen Erzeugnissen wird nur auf unseren Körper eingewirkt, sie tangieren unserem Geist nicht im geringsten oder höchstens marginal. Sie beeinflussen nur unsere physischen Fähigkeiten, was dazu führt, dass für uns eine falsche Scheinwelt für einen gewissen Zeitraum entsteht. Viele Menschen sind dieser falschen Bewusstseinserweiterung unterlegen und wollen sich von diesem Weg nicht abbringen lassen. Damit will ich den generellen Konsum nicht verbieten, doch sollte dieser aus anderen möglicherweise gesellschaftlichen Aspekten vollzogen werden, jedoch nicht zum Zwecke der Bewusstseinserweiterung. Durch mich sprach der Alkohol und nicht die Realität. Mach dir das bewusst!"

Michael war schockiert, jedoch nicht über den Inhalt Gabriels Äußerung, sondern über diesen völlig aus dem Zusammenhang gerissenen Monolog, es war als würde Gabriel wieder in seine eigenen Gedanken verfallen, wovor Michael ihn gerade warnen wollte. Er war sich zunächst nicht sicher, ob er darauf eingehen sollte, doch kannte er Gabriel zu gut und wollte sich Gehör verschaffen, bevor er mit Gabriel über das wesentliche ins Gespräch kommen würde.

„Ich bin erstaunt, du bist deinem Alter weit voraus. Im Normalfall gehen gerade heranwachsende deines Alters genau davon aus.

Trotzdem halte ich deine Traumtheorie für überzogen, gar für nicht haltbar. Der Schlaf dient durchaus der physischen Ruhe eines jeden Körpers. Träume existieren durch die elektrochemischen Stöße in unserem Gehirn und dienen der Verarbeitung der so genannten unverdauten Informationen. Sie werden nun mal von intensiven Gefühlen und Bildern, welche sich parallel dazu im Kopf abspielen, begleitet. Dein beschriebener Halbschlaf erscheint mir nicht nachvollziehbar. Träume stellen die Gehirnaktivität während des Schlafes dar. Du verwechselst wohl wahrlich den Schlaf mit deinem Halbschlafkonstrukt. Den Schlaf zu trainieren, ist freilich eine schöne Idee, doch nicht annähernd realisierbar. Ruhephase bedeutet Ruhephase, es handelt sich um passive Aktivitäten deines Gehirns, sie sind mithin nicht als aktive zu beurteilen, wie um Himmels Willen soll der Schlafende diese nunmehr kontrollieren können? In diesem Punkt wird deiner These der Boden entzogen.

Gabriel höre mir bitte zu, ich bin aus einem wichtigen Grund hier. Es geht um dich und dein gesellschaftliches Umfeld."

In diesem Satz unterbrach Gabriel Michael, wieder holte er tief Luft um Michael mit Worten zu attackieren. Michael rechnete an dieser Stelle wieder mit wirrem Zeug, er wusste sich nicht zu helfen.

„Welche Gesellschaft? Sprichst du über diese Menschen da draußen? Menschen machen sich nur selbst was vor. Sie konkurrieren, sie blenden, sie nerven. Es scheint vielen nunmehr sehr schwierig herauszufiltern, was Wahrheit und was Schein ist und welcher Mensch überhaupt Mensch ist und sein kann.

Dies liegt womöglich daran, dass unser Bildungssystem wohl nicht in der Lage ist, auch Menschen mit geringer Bildung, geistig vielerlei Horizonte zu eröffnen, obwohl die Väter unserer Aufklärung bereits vor über zweihundert Jahren den Grundstein dafür gelegt haben. Trotzdem bleiben diese Werke nur für die wenigsten zugänglich, da ihnen das nötige Werkzeug dafür fehlt. Wieso wird den Menschen das geistige Werkzeug vorenthalten. Wollen sich bestimmte

Gruppierungen ihre eigene Werkstatt erbauen und bewusst die breite Masse fernhalten? Wenn dem so sein sollte, dann ist unsere Aufklärung gescheitert.

Dies ist ein Zustand, der völlig unhaltbar ist. Wir leben mittlerweile in einer Gesellschaft, in der Bildung beziehungsweise Titel, die eine angebliche Intelligenz belegen sollen, nur noch dazu dienen, den materialistischen Trieb des Menschen zu befriedigen. Materie macht zwar das persönliche Leben wesentlich einfacher, doch folgt diese in der Regel zu Lasten anderer. Diese anderen sind in der Regel diejenigen, denen das geistige Werkzeug vorenthalten wird.

Ich hätte nie gedacht, dass es in unserem schönen Land einst eine Elite an Fachidioten geben würde. Das sind emotionslose Gestalten, die regieren wollen, sie spiegeln nicht den großen Teil der Gesellschaft wieder, sie sind die Minderheit.

Es ist erschreckend, dass Universitäten und Fachhochschulen Ziel vieler angehender Studenten werden, um im Ergebnis die pure Gier nach Reichtum und wirtschaftlicher Mach zu befriedigen. Wie viele Studenten besuchen die Hochschulen aus altruistischen Gründen oder um sich selbst zu verwirklichen oder tatsächlich darum, anderen Menschen mit ihrem besonderen Wissen zu helfen? Im Ergebnis dürfte dies nur eine absolute Minderheit darstellen, welche dazu noch verspottet wird.

Selbst die sogenannten Weltverbesserer, die nur scheinbar altruistisch agieren, merken nicht, wie sie sich radikalisieren, und versuchen, anders denkende zu unterdrücken, hoffentlich mit wenig Erfolg. Haltbar scheint ein solcher Zustand jedoch nicht."

Nun hatte Michael aber genug durch Gabriels Monologe ständig angegriffen zu werden. Er unterbrach ihn und versucht ihn in die Schranken zu weisen.

„Genau du bist es, der sich für den Besseren hält, du ignorierst die Gedanken anderer Menschen. Du scheinst völlig zu verkennen, wer du bist. Du bist nämlich einer von vielen, somit zählt nicht nur deine einzelne Meinung, jeder hat ein Wort, das es verdient gehört zu werden. Erst aus vielen verschiedenen Meinungen und Ansichten ist es überhaupt möglich, eine eigene zu entwickeln. Dabei musst du besonders darauf achten, dass du bei deiner Argumentation alle anderen Meinungen berücksichtigst, auch wenn du diese nicht erwähnst. Du solltest mit deinen Ansichten Acht geben. Gefahr droht dir, sei vorsichtig."

„Welche Gefahr? Willst du mir drohen? Ich wache über dich, nicht du über mich, denn ohne mich wärst du nichts mehr als ein kleiner Mann. Würde es meine Geschichte nicht geben, wärst du nicht in der Lage, darüber zu erzählen. Ich rate also dir zu Vorsicht, wenn du deine Märchen an andere verbreitest. Du bist von mir abhängiger, als ich von dir. Darum verbreite meine Geschichte und Gedanken, wage es jedoch nicht diese infrage zu stellen."

„Gabriel siehst du denn nicht, was los ist? Ich muss dir nicht drohen, denn es ist die Wahrheit, die dich vernichten wird. Du willst dir nicht helfen lassen, deshalb werde ich sie dir offenbaren, bevor du es auf anderen Wegen erfährst. Ich tue es allerdings aus tiefster Freundschaft zu dir".

„Wahrheit, welche Wahrheit?! Komm mir nicht mit Deinen Gelehrtensprüchen, das ist nämlich das, was du nicht kannst und niemals können wirst. Du bist nur ein kleiner Mann".

„Kein Gelehrtenspruch, sondern ein Faktum. Es ist unglaublich, dass die Umstände dazu geführt haben, dass du es bis jetzt immer noch nicht vernommen hast.

Hast du nicht gemerkt, dass du ständig alleine bist, und das in ganz bestimmten Momenten. Völlig alleine, glaube mir."

„Ich kann dir nicht folgen, hör auf mich mit deinen Lügen zu verwirren."

„Gabriel, hast du nicht gemerkt, dass es keine Angelique gibt? Hast du das wirklich nicht gemerkt?"

„Woher weißt du von Angelique, ich habe dir nie von ihr erzählt.

Du lügst, du lügst! Du Schwein, du lügst! Sie ist die einzige, die mich versteht und du willst sie mir streitig machen, du Lügner. Jetzt reicht es, ich habe genug von dir und deinen Lügen."

„Gabriel beruhige dich, du bist völlig neben dir. Lass dir bitte helfen. Sie existiert nicht, in deiner Zurückgezogenheit hast du sie dir konstruiert; einen Menschen, auf den du immer gewartet hast, einen Menschen, der dich versteht, einen Menschen, der dich interessiert. Gabriel denk nach, sie ist nicht echt. Wir alle haben bemerkt, dass etwas nicht stimmt, ständig redest du in die Luft, ständig fällt der Name Angelique und das deinerseits auch noch völlig unbewusst.

Bei Magrit saßt du allein zurückgezogen auf dem Sofa und hast Wein getrunken, das hat mir Magrit erzählt, dort warst du den ganzen Abend ohne Gesellschaft. Diese erste Begegnung war dort kein Zufall, da du immer von einer Frau aus diesen Kreisen geträumt hast. Die anderen Gäste empfanden dich schon immer als merkwürdig, zumindest die, die dich kannten, weshalb es nichts Ungewohntes war, dass du so zurückgezogen deinen Wein genossen hast. Deine Abwesenheit ist kaum jemanden aufgefallen."

„Woher weißt du das alles? Hast du mich verfolgt?"

„Nein Gabriel, ich habe dich nicht verfolgt, sondern du mich. Du hast mich nach jeder deiner Begegnungen mit Angelique aufgesucht. Leider immer unter Einfluss irgendwelcher Rauschmittel.

Einst wolltest du mich im Park Treffen, dort konnte ich meinen Augen nicht trauen. Er war beängstigend, wie du stehend einsam in die Luft gestarrt hast und in die Luft sprachst.

Im Anschluss erzähltest du mir von deiner angeblichen Begegnung mit Angelique, die ich angeblich um ein Haar versäumt hätte.

Die Begegnung im Park, Gabriel, das war auch kein Zufall. Du hast dort so viele einsame Stunden verbracht, da lag es nahe, dass du genau an dieser Stelle davon geträumt hast, jemanden zu treffen, der ebenfalls von diesem Ort begeistert ist.

„Aber Sie war bei mir, Michael, wir waren uns sehr nah".

„Euer gemeinsamer Abend ... du warst sicher allein. Du lagst allein auf deinem Bett und hast dich bestimmt selbst befriedigt. Niemand war in dieser Wohnung außer dir, oder?

Du entfernst dich von den Menschen, deine Bekannten und Verwandten distanzieren sich. Es sind deine merkwürdigen Eigenarten und die Überbewertung deiner eigenen Fähigkeiten."

„Das würde bedeuten, dass ich Träume und alles unwahr sei. Würde es Angelique nicht geben, würdest du doch nicht von ihr erzählen. Woher sollst du auch wissen, was ich denke."

„Ich habe dir bereits gesagt, dass du uns allen Sorgen bereitest mit deinem wirren Gerede, dies ist der Grund, warum ich dich hier und jetzt aufgesucht habe.

Ich weiß, was du denkst. Ich gebe nur wieder, was ich weiß und was ich und die anderen gesehen haben und Angelique war aus deiner Perspektive ein wesentlicher Bestandteil deines Lebens, der dir nun mal real erschien. Dieser Teil war jedoch nur erdacht. Sie ist Luft, mehr nicht.

„Lass mich in Ruhe, du Heuchler, zu deinem eigenen Wohlbefinden würdest du mich nicht aufklären, deine Missgunst erfindet Geschichten.

Ich kann dies einfach nicht glauben, niemand ist so abgrundtief bösartig. Lass mich in Frieden, ich will nichts mehr hören."

Michael verstummte und verließ völlig verzweifelt Gabriels Wohnung, er wusste sich nicht mehr zu helfen. Die Situation schien für ihn ausweglos.

Kapitel 15. Magrit

Nach diesem Konflikt suchte Gabriel seinen Sessel auf, er war völlig aufgelöst. Er hasste Michael von nun an, er konnte das alles nicht ertragen. Er wusste selbst nicht, wie es um ihn stand.

Sein Gesicht war rot angeschwollen und voller Tränen, er verstand das alles einfach nicht. Die Wahrheit schmerzte ihn sehr, dieser psychische Schmerz wirkte sich auch physisch auf Gabriels Wohlbefinden aus. Ein kränkliches Gefühl umgab ihn, welches mit Unverständnis und Einsamkeit durchmischt war.

„Dieser Michael, wie meinte er das? Ich kann doch nicht diese Gefühle für die Luft entwickelt haben. Ich glaube ihm nicht. Es kann nicht sein, dass ich mir das alles eingebildet habe. Ich muss Angelique finden, ich warte auf Magrit und dann finde ich sie. Ich werde es allen noch zeigen. Diese Heuchler."

Gabriel versuchte zu schlafen, seine Nerven waren am Ende. Er konnte einfach nicht einschlafen und zitterte am ganzen Körper. Tränen liefen über sein Gesicht. Sein Zimmer erschien ihm so leer und alles darin so wertlos und unbrauchbar. Er wälzte sich hin und her und wollte auf andere Gedanken kommen, doch es ging nicht. Er legte sich auf den Rücken und schaute auf.

„Was ist, wenn Michael Recht hat? Das würde bedeuten, ich sei verrückt, paranoid und krank. Aber das alles war so echt, ich habe auch nicht geschlafen und mich auch nicht von irgendwelchen fast realen Träumen täuschen lassen. Was ist, wenn er Recht hat und alle distanzieren sich von mir, weil sie merken, dass etwas nicht stimmt? Wenn dies wahr sein sollte, wer kann mir dann noch helfen? In letzter Zeit waren wirklich viele Menschen sehr komisch zu mir. Aber warum?

Kann ich nicht alleine damit fertig werden? Wieso mache ich mir überhaupt Gedanken über so etwas, der Michael lügt sowieso. Er hat einfach keine Argumente gefunden und wollte mich mit seinen trickreichen Lügen verwirren, es ist Neid, Neid auf meine geistige Vollkommenheit, die er niemals erreichen wird. Dies ist ihm zunächst gut gelungen, aber darauf falle ich nicht nochmal rein.

Morgen werde ich mit Magrit diese ganze Sache aufklären und dann werden wir sehen, wer hier verrückt ist und vor allem, dass Michael ein Lügner ist."

So glaubte Gabriel die Wahrheit gefunden zu haben. Er fing jedoch an, selbst an sich zu zweifeln, und diese Zweifel wurden immer größer. Er wollte nicht ruhen, bis er Magrit gefunden hatte. Er tat Michaels Ansicht nach jedem Leid, aber er glaubte ihnen nicht. Er konnte es kaum erwarten, Magrit aufzufinden. Er wollte sein Glück zunächst bei ihrer Wohnung versuchen und ansonsten den weiten Weg auf das Land in Kauf nehmen.

Auf dem Weg zu Magrit kam ihm alles sehr merkwürdig vor, es war so, als ob ihn alle Menschen auf der Straße beobachten würden.

„Wieso sehen die Menschen mich so an? Ich bin so müde und erschöpft, dass ich wohl in jedem einen Feind sehe. Wieso tut Michael so etwas, wieso sagt er so etwas?"

Viele Fragen zogen Gabriel durch den Kopf. Er wusste gar nicht, wo er anfangen sollte. Er war froh, dass er in einigen Minuten die Wohnung von Magrit erreichen würde. Die Spannung war ihm anzusehen.

Nur noch wenige Schritte trennten Gabriel von Magrits Wohnungseingangstür. Er konnte es kaum erwarten. Er holte noch einmal tief Luft und klopfte sodann an ihre Tür.

„Warum macht sie nicht auf? Ist sie etwa noch nicht zurück? Oder ist sie doch bei ihren Eltern? Hoffentlich nicht.

Magrit, Magrit! Mach bitte mach auf, ich bin es Gabriel! Mach bitte auf, es ist von enormer Bedeutung für mich.

So ein Mist, sie scheint noch nicht zurück zu sein. Vielleicht ist sie ja bei ihren Eltern. Soll ich dort hingehen oder nicht?"

Während Gabriel sich diese Frage stellte, blickte er um sich herum und entdeckt einen weißen Umschlag unter Magrits Fußmatte. Er beugte sich zu der Fußmatte und schaute sich den Umschlag genauer an. Sein Name stand in großen schwarzen Buchstaben darauf geschrieben. Schnell öffnete Gabriel den Umschlag, doch bevor er den Inhalt erblickte, näherte sich wieder Magrits Nachbar und fing an zu brüllen.

„Du schon wieder! Du kommst wohl nur hierher, um meine Kinder zu wecken. Los hau ab hier und lass dich hier nicht mehr blicken. Hörst du schlecht, hau ab!"

Schnell umklammerte Gabriel den Brief und rannte davon. Vor dieser Gestalt hatte Gabriel wirklich Angst, er war sich sicher, dass ihm an dieser Stelle seine Eloquenz nicht weiterhelfen, sondern nur die Wut des Riesen steigern würde.

Kaum hatte Gabriel eine sichere Stelle erreicht, holte er den Inhalt aus dem Umschlag und fing an zu lesen.

„Lieber Gabriel, mein Vater hat mir verraten, dass du vor zwei Tagen das Haus meiner Eltern aufgesucht hast. Er machte sich große Sorgen, da du offensichtlich einen sehr unbeholfenen

Eindruck hinterlassen hast. Er konnte sich leider nicht mehr so richtig entsinnen, was oder wen du genau gesucht hast. Er sprach von einem Buch, das bei jemandem lag, den er nicht kennt und deshalb den Namen vergaß.

Es war schade, dass du meine Geburtstagsfeier so eilig verlassen hast, doch hast du im Anschluss nicht viel verpasst, einige Stunden später hat sich die Gesellschaft aufgelöst. Ich musste für einige Tage die Stadt verlassen, es ist eine komplizierte Geschichte, die ich dir lieber bei einem persönlichen Treffen erklären möchte. Du findest mich bei meinen Eltern."

Es las so schnell er konnte, um irgendeinen Anhaltspunkt zu finden, einen Anhaltspunkt dafür, dass es eine Angelique wirklich gab, aber vergeblich. Ihr Name tauchte in keiner einzigen Textpassage auf.

„Post Skriptum, dein Buch findest du in der Rothstraße sechs."

„Was meint sie mit dem Buch? Welches Buch, ich habe ihr doch kein Buch hinterlassen? Ihrem Vater habe ich auch nur eine Lügengeschichte aufgetischt. Hat der mir überhaupt zugehört? Rothstraße sechs, wieso Rothstraße sechs? Was will mir Magrit mit diesem Brief sagen? Was soll das Ganze, ich werde da doch nicht hingehen. Ich verleihe doch keine Bücher, dass weiß Magrit doch auch."

So stand Gabriel fragend in der Gegend, er verstand nicht, was vor sich ging, er konnte mit dem Inhalt des Textes nichts anfangen. Er spazierte heim, doch war er sich nicht sicher, ob er nicht zu Magrit, die bei ihren Eltern weilte, gehen sollte. So rang er mit sich, um seine Unsicherheit zu bekämpfen. Am Ende fasste er den Entschluss, es doch einmal in der Rothstraße sechs zu versuchen, und dort sein vermeintliches Buch abzuholen.

Es war sehr weit weg, doch war es nicht so weit, wie zu Magrits Eltern. Erschöpft von dem letzten Ausflug dorthin, beschloss er lieber in der Stadt zu bleiben und das Geheimnis der Rothstraße sechs zu lüften. Er hatte nicht den Hauch einer Ahnung, wer dort leben könnte, zumal er selbst niemanden kannte, der dort in der Gegend lebte.

Er musste sich lange besinnen, bis er für sich den kürzesten Weg in die Rothstraße sechs ermittelt hatte. So beschloss er den Weg am alten Fabrikgelände entlang zu gehen, und dort die Abkürzung über die Stadtbrücke zu nehmen.

Kapitel 16. Rothstraße

Es war warm und angenehm für diese Jahreszeit, doch war Gabriel ziemlich kalt. Er wusste nicht, was ihn erwarten würde. Ständig versuchte er irgendetwas mit der Rothstraße sechs zu verknüpfen, doch es gelang ihm nicht. Am alten Fabrikgelände angekommen, bemerkte er einige Obdachlose, die ihr Quartier in der Fabrik bereiteten. Für Gabriel ein beängstigender Anblick, er war selten mit solchen Situationen konfrontiert.

„Die einen Leben in Anwesen, die so groß sind wie das ganze Fabrikgelände im feinsten Luxus und die anderen kämpfen auf dem kleinsten brauchbaren Flecken dieses Geländes um ihr nacktes Überleben. Wieso diese Menschen wohl aus der Gesellschaft ausgestiegen sind? Vielleicht plagen diese sich nicht mit solchen Problemen herum, wie ich es ständig tue. Vielleicht sind diese gar glücklich und kein anderer versteht es. Es muss aber eine schwere Entscheidung gewesen sein, die Gesellschaft zu verlassen, um das nackte Überleben zu wählen, vielleicht aber auch nicht. Wie rechtfertigt man überhaupt, dass einige Menschen mehr Geld brauchen als ein Mensch, der auch ohne übertriebenes Vermögen reich ist.

Sicher gibt es auch Menschen, die sich ihren Reichtum wohl verdient haben und ohne andere dafür auszubeuten, doch muss dieser Reichtum nicht auch Grenzen finden? Kann ein Mensch überhaupt reich werden, ohne andere auszubeuten?

Dass dieses alte Fabrikgelände nach und nach zerfällt, bestätigt doch wieder einmal, dass alles vergänglich ist. Ist alles vergänglich? Was auf dieser Welt ist überhaupt unvergänglich?"

Während Gabriel in sich kehrte, um sich Gedanken über seinen eigenen Wohlstand zu machen, schlenderte er langsam am Fabrikgelände entlang, um irgendwann einmal die Stadtbrücke zu erreichen. Er schaute sich genau um und beobachtete die armen Menschen in ihrem Überlebenskampf. Mitleid empfand Gabriel aber nicht, er sah sich nicht verantwortlich für diese ungerechte Verteilung von sozialen Problemen.

Gabriel fing wieder an, sich in einen seiner Gedanken zu vertiefen. Er fing an, starr vorwärts zu blicken und wurde immer langsamer, bis er sich einer Wand näherte, welche beschlagene Scheiben hatte. Er fing an diese Scheibe zu betrachten und sah, wie sich ein Wassertropfen seinen Weg nach unten bahnte. Plötzlich traf Gabriel ein Gedanke wie ein Blitz.

„Wasser, Wasser, das ist es! Wasser ist unvergänglich auf dieser Erde. Ein Wassertropfen durchlebt alles, wirklich einfach alles. Er lebt in allen Lebewesen und in allen Sachen, im Meer, in der Erde, im Himmel und für sich in jedem erdenklichen Aggregatzustand. Wieso bin ich nicht vorher auf diese Idee gekommen, dabei lag es doch auf der Hand, es ist Wasser. Ohne Wasser kein Leben, es muss Wasser sein, Wasser ist alles. Wasser ist in mir, Wasser verlässt meinen Körper und sucht einen anderen Ort auf.

Ein Wassertropfen oder ein Wassermolekül müsste der Mensch für einen Tag sein, um zu begreifen, was die Unendlichkeit und die Allgegenwärtigkeit zu bedeuten haben. Genau das ist es, ein Wassertropfen ist tatsächlich allgegenwärtig und auf der Erde unendlich. Dieser Tropfen bewegt sich in einem unendlichen Kreislauf auf dieser Erde und er bewegt sich zudem einfach überall und in allem.

Es ist in mir, in allem, was ich kenne. Wasser ist alles. Das kann nicht sein, dass mir das erst jetzt auffällt. Dieser Gedanke ist für mich so revolutionär, dass ich ihn mit jemandem teilen muss. Wir gehen, aber das Wasser bleibt, es bleibt immer. Es ist die Grundlage des Lebens, wir sind Wasser."

Von diesem Gedanken völlig überwältigt, hatte Gabriel schon fast daran gedacht, sein Vorhaben, die Rothstraße zu finden, zu vergessen.

Einige Zeit später lichteten sich Gabriels Gedanken, als er aus der Ferne die Stadtbrücke erkannte, die er direkt ansteuerte. Es war eine schöne, alte und große Brücke, welche den Westen der

Stadt mit dem Osten verband. Es war zwar eine von vielen Brücken, die die Möglichkeit verschaffte, die andere Seite zu erreichen, doch war diese die größte und zentralste von allen, welche auch am nächsten an der Rothstraße dran war.

Gabriel war sehr selten auf der Ostseite der Stadt, irgendwie verfolgte ihm ein Unbehagen, da er mit dieser Gegend nicht vertraut war. Negatives hatte er über diese Seite der Stadt jedoch nie vernommen. Die Teilung durch den Strom war der einzige geografische Aspekt, der die Stadt teilte, jedoch führten die Menschen auf der Ostseite ein autarkes Leben. Es war schon immer so, dass Menschen aus der Ostseite nicht auf die Westseite zogen und andersherum. Warum, konnte sich so recht niemand erklären.

Als Gabriel die Brücke erreichte, genoss er ab der Hälfte die schöne Aussicht auf die Altstadt. Die schönen Spitzen der Kirchen, die Häuser am Strom und die alten zum Teil noch gut erhaltenen Stadtmauern. Gabriel war immer wieder fasziniert von der mächtigen Geschichte, die hinter diesen Bauwerken stand. Er würde zu gerne einmal alles aus der Sicht der Mauern sehen, am liebsten die vergangenen fünfhundert Jahre.

Kaum hatte Gabriel die Brücke überquert, steuerte er auch schon die Rothstraße an. In dieser war er noch nie zuvor, er wusste zwar, wo diese ist, mehr aber auch nicht.

Er war erstaunt, dass es eine so schöne Straße war, überall waren gepflegte Reihenhäuser zu sehen. Diese waren zwar klein, aber beherbergten mit Sicherheit keine armen Menschen. Dies konnte Gabriel daraus schließen, dass er einen genauen Blick auf die Einzelheiten der Häuser geworfen hatte. Es waren beeindruckende Verzierungen auf der Fassade zu sehen, die Türen aus dem massiven und sehr gut verarbeiteten Holz, ebenso die Fenster. Jedes dieser Häuser hatte einen kleinen gepflegten Vorgarten, daraus konnte Gabriel schließen, dass hier keine Kinder lebten, da alles einfach zu ordentlich aussah und die Gegend wohl sehr ruhig war.

„Es ist erstaunlich ruhig hier. Dass es hier auf dieser Seite so schönen Ecken gibt, hätte ich niemals für möglich gehalten. Das ist also die Rothstraße. Hier ist die Hausnummer eins, dann muss ich wohl auf die andere Straßenseite gehen, um die sechs zu finden. Wenn ich hier weg bin, muss ich unbedingt mit jemandem reden, aber mit wem? Mit Michael habe ich es mir ein wenig schwer gemacht. Vielleicht sollte ich mich bei ihm für mein vorangegangenes Verhalten entschuldigen, auch wenn ich mich nicht schuldig fühle. Vielleicht sollte ich aber auch lieber Gerd aufsuchen, dieser hat im Vergleich zu Michael die fachliche Kompetenz für ein solches

Gespräch. Ich muss in dieser Sache einfach weiterkommen. Dieser Gedanke muss in vielen Köpfen gesät werden und reifen. In einigen Köpfen ist dafür jedoch die richtige Erde nicht vorhanden."

In Gedanken ging er zielstrebig auf das Haus zu, das er als vermutlich richtiges ausfindig machte. So wechselte Gabriel die Straßenseite und sah schon vom Weiten die Nummer sechs. Nun stieg bei ihm die Spannung, er war sehr gespannt, was es mit dem Buch auf sich hatte. Nun gingen Gabriel immer mehr Dinge durch den Kopf, er konnte mit dieser Adresse und diesem Haus nichts verbinden.

„Was ist das für ein Haus, hier kenne ich niemanden. Es sieht sehr einladend aus, nur wüsste ich nicht, wer mich hier einladen sollte. Soll ich anklopfen oder soll lieber gehen. Was erwarte mich hier?"

Gabriel erkannte ein leicht verdrecktes Türschild an der Wand neben der Tür, auf dem er zunächst nichts erkennen konnte. Er rubbelte den Schmutz mit seinem Jackenärmel weg und schaute nochmal hin. Es waren nur zwei Buchstaben darauf zu erkennen – A. L.

Gabriel nahm seinen Mut zusammen und unterdrückte jegliche Zweifel, die ihn umkreisen. So hob er die Hand und klopfte dreimal kräftig an die Tür.

Er hörte von innen Schritte, die sich näherten. Gabriel konnte jeden einzelnen Schritt wahrnehmen und jeder Schritt dauerte für Gabriel eine Ewigkeit. Nun hörte Gabriel, wie das Schloss von ihnen geöffnet wurde. Es klackte zwei Mal sehr laut und machte von der Mechanik her einen sehr massiven Eindruck. Es erschien ihm komisch, dass die Person hinter der Tür nicht fragte, wer sich vor der Tür befindet, zumal die Tür keinen Türspionen hatte und auch niemand aus dem Fenster neben der Tür geguckt hat. Offensichtlich wohnte hier jemand, der keine Angst vor Fremden hatte oder die Straße gehört zu einem angstfreien Gebiet und lässt, was Besucher angeht, keine Zweifel aufkommen. Nun öffnete sich die Tür sehr langsam und quietschend ...

Gabriel traute seinen Augen nicht: „Das kann nicht sein!"

Ende.

Epilog

So soll der Mensch nicht jedes geschriebene Wort glauben und erst recht nicht das gesprochene eines vermeintlich Allwissenden. Es ist leicht auf Heuchler und Neider hereinzufallen, nur muss der Einzelne es diesen nicht zu leicht machen. Neider gibt es und Neider wird es immer geben. Wenn zwei Menschen einander lieben, gibt es immer eine Person, die aus den unterschiedlichsten Gründen vor Neid zum Äußersten geht. Problematisch ist es nur dann, wenn dieser Neider die eigenen Freunde sind, oder gar es die eigene Stimme ist, die einen zerreißt. So hat Gabriel die schwerste Zeit in seinem Leben empfunden. Ob er die wahre Liebe gefunden hat oder nicht, das erfahren wir nicht. Wer hinter dieser Tür stand erst recht.